I0730138

TRANZLATY

La Langue est pour tout le Monde

Язык для всех

La Métamorphose

Превращение

Franz Kafka
Франц Кафка

Français
Русский

Copyright © 2026 Tranzlaty
All rights reserved
ISBN: 978-1-83566-897-9
Die Verwandlung
Franz Kafka, 1915

www.tranzlaty.com

Première partie
Часть первая

Gregor Samsa se réveilla un matin après des rêves agités.

Грегор Замза однажды утром проснулся от тревожных снов.

Il se retrouva dans son lit, incapable de bouger.

Он обнаружил себя в постели, но не мог пошевелиться.

Il avait été transformé en un monstre vermineux.

Он превратился в чудовищное насекомое.

Il était allongé sur le dos, une carapace dure comme une armure.

Он лежал на спине, которая была твердой, как броня.

En relevant légèrement la tête, il pouvait voir son ventre.

Слегка приподняв голову, он смог увидеть свой живот.

Mais son ventre était bombé et divisé en segments.

Но его живот был куполообразным и разделён на сегменты.

La couverture reposait sur son ventre arrondi.

Одеяло лежало на его округлом животе.

Mais la couverture était sur le point de glisser complètement.

Но одеяло почти полностью сползло вниз.

Ses jambes étaient pitoyables comparées à leur taille habituelle.

Его ноги выглядели жалко по сравнению с их обычным размером.

Et ses nombreuses pattes s'agitaient impuissantes devant ses yeux.

И его многочисленные ноги беспомощно мелькали перед глазами.

« Que m'est-il arrivé ? » se demanda-t-il.

«Что со мной случилось?» — подумал он про себя.

Mais ce n'était pas un rêve dont il ne pouvait se réveiller.

Но это был не тот сон, от которого он не мог проснуться.

Il se trouvait bel et bien dans sa propre chambre.

Он действительно оказался в своей собственной комнате.

Une vraie chambre pour des humains, mais un peu trop petite.

Комната вполне пригодна для проживания людей, но немного тесновата.

Il gisait tranquillement entre les quatre murs bien connus.

Он спокойно лежал между четырьмя хорошо знакомыми стенами.

Sur la table se trouvait une collection d'échantillons de textiles.

На столе лежала коллекция образцов текстиля.

Samsa était un vendeur ambulant, d'où les échantillons.

Самса был коммивояжером, отсюда и образцы.

Au-dessus des échantillons de textile désassemblés se trouvait une image.

Над разобранными образцами текстиля висело изображение.

Il avait récemment découpé la photo dans un magazine.

Он недавно вырезал эту картинку из журнала.

Il avait placé le tableau dans un joli cadre doré.

Он поместил картину в красивую позолоченную раму.

Le tableau encadré représentait une dame assise bien droite.

На картине в рамке была изображена женщина, сидящая прямо.

Elle portait un chapeau de fourrure et un manchon de fourrure.

На ней была меховая шапка и меховая муфта.

Elle levait la main en direction du spectateur.

Она поднимала руку в сторону зрителя, рассматривающего фотографию.

Son avant-bras entier disparaissait dans son épais manchon de fourrure.

Вся её предплечье утонула в тяжёлой меховой муфте.

Gregor regarda par la fenêtre le temps maussade.

Грегор смотрел в окно на пасмурную погоду.

On pouvait entendre les grosses gouttes de pluie frapper la fenêtre.

Было слышно, как крупные капли дождя ударяются о окно.

Le temps gris le rendait très mélancolique.

Серая погода повергла его в глубокую меланхолию.

« Et si je dormais un peu plus longtemps ? » pensa-t-il.

«А может, поспать ещё немного?» — подумал он.

« Dormir davantage m'aiderait peut-être à oublier ces bêtises. »

«Побольше сна, возможно, поможет мне забыть эту чепуху».

Mais dormir plus longtemps était totalement impossible.

Но спать дольше было совершенно невозможно.

Parce qu'il avait l'habitude de dormir sur le côté droit.

Потому что он привык спать на правом боку.

Mais son état actuel l'empêchait d'effectuer ses mouvements habituels.

Однако его нынешнее состояние не позволяло ему совершать обычные передвижения.

Il n'avait aucun moyen de se retrouver dans cette situation.

У него не было никакой возможности оказаться в таком положении.

Il fit de son mieux pour se jeter sur son côté droit.

Он изо всех сил пытался перевернуться на правый бок.

Il a probablement tenté ce mouvement une centaine de fois.

Вероятно, он пытался выполнить это движение сотни раз.

Mais il revenait toujours en position couchée sur le dos.

Но он неизменно возвращался в положение лежа на спине.

Il ferma les yeux pour ne pas voir ses jambes qui s'agitaient.

Он закрыл глаза, чтобы не видеть свои беспокойно ерзающие ноги.

Finalement, la douleur l'a empêché de réessayer.

В конце концов, боль помешала ему предпринять еще одну попытку.

Une douleur sourde au flanc qu'il n'avait jamais ressentie auparavant.

Он почувствовал тупую боль в боку, которую никогда раньше не испытывал.

« Oh mon Dieu », pensa désespérément Gregor Samsa.

«О Боже», — отчаянно подумал про себя Грегор Замза.

« Quel métier pénible j'ai choisi ! »

«Какую же сложную профессию я для себя выбрала!»

« Je dois voyager tous les jours pour le travail. »

«Изо дня в день мне приходится ездить по работе».

« Le travail de bureau est beaucoup plus facile que le travail sur la route. »

«Работа в офисе намного проще, чем работа в дороге».

« Et j'ai la malédiction de devoir voyager constamment. »

«И на мне лежит проклятие постоянного путешествия».

« Toutes ces inquiétudes liées au fait d'être à l'heure pour les trains. »

«Все эти переживания по поводу того, чтобы вовремя успеть на поезд».

« Mes horaires de repas sont irréguliers et la nourriture est mauvaise. »

«Время приема пищи у меня нерегулярное, и еда невкусная».

« Mes amis changent constamment de ville. »

«Мои друзья постоянно меняются, переезжая из города в город».

« Mes interactions sont froides et professionnelles. »

«Мои взаимодействия с окружающими носят холодный и профессиональный характер».

«Que le diable s'amuse avec ce genre de travail !»

«Пусть дьявол развлекается такой работой!»

Il ressentit une légère démangeaison en haut de l'estomac.

Он почувствовал лёгкий зуд в верхней части живота.

Il s'appuya contre le montant du lit, le dos contre le sol.

Он прижался спиной к изголовью кровати.

Il voulait pouvoir mieux lever la tête.

Он хотел иметь возможность лучше поднимать голову.

Il a trouvé l'endroit qui le démangeait.

Он обнаружил зудящее место, которое его беспокоило.

Sa tête semblait recouverte de petits points blancs.

Его голова была покрыта мелкими белыми точками.

Il ne pouvait pas dire ce que représentaient ces petits points blancs.

Что это были за маленькие белые точки, он сказать не мог.

Il avait prévu de toucher l'endroit avec une de ses jambes.

Он планировал коснуться этого места одной из ног.

Mais lorsqu'il toucha l'endroit, il ressentit un étrange frisson.

Но когда он прикоснулся к этому месту, то почувствовал странный холодок.

Il a donc immédiatement retiré sa jambe.

Поэтому он тут же отдернул ногу от этого места.

Il n'avait d'autre choix que d'accepter cette sensation de démangeaison.

Ему ничего не оставалось, как смириться с зудом.

Et il reprit sa position initiale dans le lit.

И он вернулся в прежнее положение в постели.

«Se réveiller si tôt rend vraiment stupide.»

«Просыпаться так рано — это действительно глупо».

« Un homme doit dormir suffisamment », pensa-t-il.

«Человеку нужно высыпаться», — подумал он про себя.

« Les autres représentants de commerce mènent une vie de luxe. »

«Остальные коммивояжеры живут в роскоши».

« Le matin, je transfère les ordres que j'ai reçus. »

«Утром я перевожу полученные заказы».

« Pendant ce temps, ces messieurs prennent encore leur petit-déjeuner. »

«Тем временем эти господа всё ещё завтракают».

« Imaginez un peu si j'essayais de faire ça avec mon patron. »

«Только представьте, что было бы, если бы я попытался сделать это со своим начальником».

«Il me licenciait avant même que j'aie fini mon petit-déjeuner.»

«Он увольнял меня ещё до того, как я успевал доесть завтрак».

« Mais ce ne serait peut-être pas le pire non plus. »
«Но, возможно, это тоже не будет худшим вариантом».
«Le problème, c'est que mes parents me freinent.»
«Проблема в том, что родители меня сдерживают».
« Sans eux, j'aurais déjà démissionné. »
«Если бы не они, я бы уже давно подал в отставку».
« J'aurais tenu tête au patron et je lui aurais dit. »
«Я бы выступил против босса и сказал ему об этом».
« Je dirais exactement ce que je pense de lui et de son travail.
»
«Я бы высказал именно то, что думаю о нем и о его
работе».
« Il tomberait de son bureau si je lui racontais tout ! »
«Он бы упал со стола, если бы я ему всё рассказала!»
« Sa façon de s'asseoir à son bureau est très étrange. »
«Очень странно, как он сидит за своим столом».
« Sa façon de parler à ses subordonnés n'est pas correcte. »
«Он разговаривает со своими подчиненными
неправильно».
« Et le pire, c'est que son ouïe est très mauvaise. »
«И самое ужасное, что у него очень плохой слух».
«Vous n'avez donc pas d'autre choix que de vous asseoir très
près de lui.»
«Поэтому у вас нет другого выбора, кроме как сидеть
очень близко к нему».
« Cela dit, l'espoir n'est pas encore totalement perdu. »
«Но, несмотря на все вышесказанное, надежда еще не
совсем потеряна».
« Je vais économiser cet argent pour rembourser les dettes de
mes parents. »
«Я буду копить деньги, чтобы погасить долг родителей».
« Je ne peux rien faire tant qu'ils lui doivent de l'argent. »
«Я ничего не могу сделать, пока они ему должны деньги».
« Mais une fois la dette remboursée, je le ferai sans aucun
doute. »
«Но когда долг будет погашен, я обязательно это сделаю».
« Cela prendra probablement encore cinq à six ans. »

«Вероятно, на это потребуется еще пять-шесть лет».

« Oui, alors la grande séparation aura certainement lieu. »

«Да, тогда масштабное разделение обязательно состоится».

« Pour le moment, je dois me lever. »

«Однако на данный момент мне нужно встать с постели».

« Parce que mon train part à cinq heures. »

«Потому что мой поезд отправляется в пять часов».

Gregor regarda le réveil qui tic-tac sur la table.

Грегор смотрел на тиканье будильника на столе.

« Père céleste ! » pensa-t-il en regardant l'heure.

"Небесный Отец!" — подумал он, взглянув на часы.

Six heures et demie étaient déjà passées sans qu'on s'en aperçoive.

Половина шестого уже тихо прошла.

Et les aiguilles de l'horloge continuaient d'avancer d'elles-mêmes.

И стрелки часов продолжали двигаться вперед.

Et il était presque sept heures quarante-cinq.

Время приближалось к без пятнадцати семи.

« Peut-être que le réveil n'a pas sonné ? » pensa-t-il.

«Может, будильник просто не сработал, чтобы меня разбудить?» — подумал он.

Depuis son lit, Gregor inspecta le réveil.

Грегор, лежа на кровати, осмотрел будильник.

Le réveil était correctement réglé sur quatre heures.

Будильник был правильно установлен на четыре часа.

Il ne pouvait pas l'expliquer, mais l'alarme avait dû sonner.

Он не мог это объяснить, но, должно быть, сработала тревога.

« Comment ai-je pu dormir sans m'en rendre compte après avoir entendu le réveil ? »

«Как я мог проспать будильник, ничего не заметив?»

Quand elle sonne, l'alarme fait même trembler les meubles.

Когда срабатывает сигнализация, она даже сотрясает мебель.

Il savait que son sommeil n'avait pas été du tout paisible.

Он понимал, что его сон был отнюдь не спокойным.

Mais c'est peut-être pour cela que son sommeil était beaucoup plus profond.

Но, возможно, именно поэтому он спал гораздо глубже.

Il devait réfléchir à ce qu'il devait faire maintenant.

Ему нужно было обдумать, что ему следует делать дальше.

Le train suivant ne partait qu'à sept heures.

Следующий поезд отправился только в семь часов.

Prendre ce train serait quasiment impossible.

Успеть на этот поезд было бы практически невозможно.

Et il n'avait pas encore emporté les textiles dont il avait besoin.

А он еще не упаковал необходимые ему ткани.

Il ne se sentait pas particulièrement frais et agile non plus.

Он также не чувствовал себя особенно бодрым и подвижным.

Il y avait peut-être une chance de monter dans le train.

Возможно, был шанс попасть на поезд.

Mais une réprimande du patron était inévitable de toute façon.

Но выговор от начальника был неизбежен в любом случае.

Le commis aurait pris le train de cinq heures.

Продавец сел бы на поезд, отправляющийся в пять часов.

Le commis de bureau était une créature sans envergure, à la solde du patron.

Офисный клерк был бесхребетным порождением босса.

L'absence de Gregor aurait donc déjà été signalée.

Таким образом, об отсутствии Грегора уже было бы сообщено.

« Et si je me faisais porter malade ? » se demandait Gregor.

«А что, если я позвоню и скажу, что заболел?» — подумал Грегор.

Mais ce serait extrêmement embarrassant et suspect.

Но это было бы крайне неловко и подозрительно.

Gregor n'avait jamais été malade pendant la période où il avait travaillé là-bas.

За все время работы там Грегор ни разу не болел.

Et il leur avait déjà consacré cinq années de service.

А ведь он уже отслужил им пять лет.

Il y avait de fortes chances que le patron vienne prendre de ses nouvelles.

Вероятнее всего, начальник придет его проведать.

Il amènerait probablement le médecin de l'assurance maladie.

Вероятно, он приведёт с собой врача, работающего по медицинской страховке.

Et il blâmait les parents pour la paresse de leur fils.

И он винил бы родителей в лени их сына.

Ils ne pourraient formuler aucune objection à son égard.

Они не смогли бы ему возразить.

Car pour lui, il n'y avait que deux sortes de travailleurs.

Потому что для него существовали только два типа работников.

Soit les ouvriers étaient en parfaite santé, soit ils rechignaient à travailler.

Либо рабочие были совершенно здоровы, либо ленивы.

Et aurait-il même tort dans cette analyse de base ?

И разве он ошибался бы в этом элементарном анализе?

Assurément, dans ce cas précis, son argument était solide.

Безусловно, в данном случае у него были веские аргументы.

Malgré son apparence, Gregor se sentait en réalité plutôt bien.

Несмотря на свой внешний вид, Грегор чувствовал себя на самом деле довольно хорошо.

Ce long sommeil inutile l'avait rendu un peu somnolent.

Из-за неоправданно долгого сна он немного заснул.

Mais à part ça, il ne pouvait pas se plaindre de maladie.

Но помимо этого, он не мог пожаловаться на болезнь.

Il ressentait même une faim particulièrement forte et saine.

Он даже испытывал особенно сильный и полезный для здоровья голод.

Tandis qu'il nourrissait ces pensées, l'horloge sonna de nouveau.

Пока он размышлял об этом, часы снова пробили.

Selon l'alarme, il était alors sept heures moins le quart.

Согласно сообщению тревоги, было уже без пятнадцати семь.

Et maintenant, on frappa doucement à la porte.

И тут раздался тихий стук в дверь.

« Gregor », l'appela quelqu'un – c'était sa mère.

«Грегор», — окликнул его кто-то, это была мать.

« Il est sept heures moins le quart », a-t-elle confirmé en entendant l'alarme.

«Сейчас без пятнадцати семь», — подтвердила она тревогу.

« Tu ne voulais pas partir ? » demanda la douce voix.

«Разве ты не хотел уйти?» — спросил мягкий голос.

Gregor eut peur en entendant sa voix répondre.

Грегор испугался, услышав ответный голос.

Sa voix était toujours la même.

Голос оставался тем же самым, каким он всегда был.

Mais une nouvelle sonorité s'était désormais mêlée à sa voix.

Но теперь в его голосе появился новый оттенок.

Un couinement douloureux s'échappa également du plus profond de lui.

Из глубины его души тоже вырвался болезненный писк.

Au début, sa voix semblait former des mots avec clarté.

Поначалу казалось, что он четко произносит слова.

Mais alors, Gregor entendit l'écho mental de sa voix.

Но тут Грегор услышал мысленное эхо его голоса.

L'enregistrement de sa voix s'est interrompu de façon étrange.

Запись его голоса прервалась странным образом.

Et il n'était pas sûr d'avoir bien entendu.

И он не был уверен, правильно ли он всё расслышал.

Gregor éprouvait un profond désir de donner une réponse détaillée.

Грегор испытывал сильное желание дать подробный ответ.

Il voulait tout expliquer clairement à sa mère.

Он хотел всё подробно объяснить своей матери.

Mais, compte tenu des circonstances, il devait se limiter.

Но, учитывая обстоятельства, ему пришлось себя ограничить.

Et sa réponse fut beaucoup plus brève qu'il ne l'aurait souhaité.

И он ответил гораздо короче, чем ему хотелось бы.

"Oui maman, ne t'inquiète pas, merci, je suis déjà levée."

«Да, мама, не волнуйся, спасибо, я уже встала».

La porte en bois a probablement contribué à étouffer sa voix.

Вероятно, деревянная дверь помогала заглушить его голос.

À l'extérieur, le changement dans la voix de Gregor est resté inaperçu.

Снаружи изменение в голосе Грегора осталось незамеченным.

La mère semblait satisfaite de son explication.

Мать, похоже, осталась довольна его объяснением.

Et elle repartit aussi discrètement qu'elle était venue.

И она ушла так же тихо, как и пришла.

Mais cette petite conversation a eu un effet indésirable.

Но этот короткий разговор имел нежелательный эффект.

Il a attiré l'attention des autres membres de la famille.

Он привлёк внимание других членов семьи.

Gregor était toujours chez lui et n'était pas allé travailler.

Грегор всё ещё был дома и не пошёл на работу.

Et maintenant, le père frappa lui aussi à la porte de côté.

И тут отец тоже постучал в боковую дверь.

Il frappa faiblement, mais avec détermination, du poing.

Он слабо, но решительно постучал кулаком.

« Gregor, Gregor », appela-t-il, « quel est le problème ? »

«Грегор, Грегор, — позвал он, — в чём дело?»

Au bout d'un moment, il avertit de nouveau d'une voix plus grave.

Спустя некоторое время он снова предупредил более низким голосом.

Mais la sœur frappa alors à la porte de l'autre côté.

Но тут сестра постучала в дверь с другой стороны.

« Gregor ? Tu ne te sens pas bien ? » demanda-t-elle doucement.

«Грегор? Тебе плохо?» — тихо спросила она.

« Avez-vous besoin de quelque chose ? » demanda-t-elle, inquiète.

«Вам что-нибудь нужно?» — обеспокоенно спросила она.

Gregor a répondu aux deux parties : « J'ai déjà terminé. »

Грегор ответил обеим сторонам: «Я уже закончил».

Il avait fait de son mieux pour prononcer tous les mots avec soin.

Он изо всех сил старался произносить все слова тщательно.

Et il a gommé tout ce qui était ostentatoire dans sa voix.

И он убрал все лишнее излишнее из своего голоса.

Le père semblait également satisfait de la réponse.

Отец, похоже, тоже остался доволен ответом.

Et il retourna à son petit-déjeuner inachevé.

И он вернулся к своему недоеденному завтраку.

Mais la sœur murmura : « Gregor, ouvre la bouche, je t'en supplie. »

Но сестра прошептала: «Грегор, открой рот, умоляю тебя».

Mais son inquiétude à son égard ne parvenait en rien à l'émouvoir.

Но её забота о нём никак не могла его тронуть.

Gregor n'avait aucune intention de lui ouvrir la porte.

Грегор не собирался открывать ей дверь.

Ses voyages lui avaient permis d'acquérir certaines habitudes de prudence.

Во время путешествий у него выработались некоторые осторожные привычки.

Et il se félicita d'avoir verrouillé les portes.

И он хвалил себя за то, что запер двери.

Il voulait d'abord se lever tranquillement, à son propre rythme.

Сначала он хотел спокойно встать в удобное для себя время.

Et, sans être dérangé, il voulut s'habiller.

И, не желая, чтобы его беспокоили, он хотел одеться.

Cela étant fait, il voulut ensuite prendre son petit-déjeuner.

После этого он захотел позавтракать.

Ce n'est qu'alors qu'il a souhaité examiner la situation plus en détail.

Только после этого он решил более подробно обдумать ситуацию.

Il savait qu'il était inutile de faire des projets au lit.

Он понимал, что нет смысла строить планы в постели.

Il serait impossible de parvenir à une conclusion sensée.

Прийти к разумному выводу было бы невозможно.

Il lui était déjà arrivé de se réveiller avec de légères douleurs.

Бывали и другие случаи, когда он просыпался с лёгкой болью.

Ces douleurs se sont toujours révélées être de pures inventions de l'imagination.

Эти страдания всегда оказывались чистой фантазией.

En me levant du lit, la douleur disparaissait invariablement.

Когда я вставал с постели, боль неизменно исчезала.

Il était curieux de voir ce qu'il adviendrait de ces idées.

Ему было любопытно посмотреть, что произойдет с этими идеями.

Le changement de sa voix était probablement dû à un rhume.

Изменение в его голосе, вероятно, было вызвано просто простудой.

Le rhume est un risque professionnel courant pour les voyageurs.

Для путешественников простуда — это всего лишь профессиональный риск.

Il ne doutait pas que c'était l'explication logique.

Он нисколько не сомневался, что это было логичное объяснение.

Il s'est facilement dégagé de la couverture.

Снять с себя одеяло ему удалось без труда.

Il lui suffisait d'inspirer et de se gonfler.

Ему нужно было всего лишь вдохнуть и надуть себя.

La couverture glissa de son corps et tomba sur le sol.

Одеяло соскользнуло с его тела на пол.

Son corps incroyablement large rendait d'autres choses difficiles.

Его невероятно широкое телосложение создавало трудности и в других отношениях.

Il aurait eu besoin de bras et de mains pour se tenir debout.

Ему понадобились бы руки, чтобы встать.

Mais il n'avait plus les membres qu'il avait autrefois.

Но у него уже не было тех конечностей, что были раньше.

Au lieu de bras et de mains, il avait plein de petites jambes.

Вместо рук у него было множество маленьких ножек.

Et ses jambes bougeaient sans cesse, sans qu'il puisse les contrôler.

И его ноги постоянно двигались, без его контроля.

Il a essayé de plier une jambe, mais au lieu de cela, elle s'est étirée.

Он попытался согнуть одну ногу, но она вместо этого вытянулась.

Il parvint finalement à contrôler une jambe.

В конце концов ему удалось взять под контроль одну ногу.

Mais ensuite, le mouvement des autres pattes a été libéré.

Но затем движение остальных ног возобновилось.

Et toutes ses jambes frémissaient d'excitation extrême.

И все его ноги дернулись от крайнего возбуждения.

Il a d'abord voulu sortir le bas de son corps du lit.

Сначала он хотел вытащить нижнюю часть тела из постели.

Mais il n'avait pas encore vu le bas de son corps.

Но он еще не видел его нижнюю часть тела.

Et de toute façon, déplacer cette pièce s'est avéré trop difficile.

И в любом случае, переместить эту деталь оказалось слишком сложно.

Finalement, de toutes ses forces, il fit un geste audacieux.

Наконец, собрав все свои силы, он сделал одно
необдуманное движение.
Sans plus hésiter, il s'avança.
Без дальнейших колебаний он двинулся вперед.
Mais il avait choisi la mauvaise direction.
Но он выбрал неверное направление движения.
**Il s'est violemment cogné le corps contre le montant
inférieur du lit.**
Он с силой ударился телом о нижнюю часть кровати.
**La douleur brûlante qu'il ressentait lui a appris une
précieuse leçon.**
Жгучая боль, которую он испытал, преподала ему ценный
урок.
**La partie inférieure de son corps était peut-être plus
sensible.**
Возможно, нижняя часть его тела была более
чувствительной.
Il a donc commencé par sortir le haut de son corps du lit.
Поэтому он попытался сначала подняться с постели,
опираясь на верхнюю часть тела.
Il tourna prudemment la tête dans la bonne direction.
Он осторожно повернул голову в нужном направлении.
Et bientôt, sa tête se retrouva face au bord du lit.
И вскоре его голова оказалась повернута к краю кровати.
Ce mouvement prudent lui était en réalité facile.
Это осторожное движение далось ему на самом деле
легко.
**Et sa largeur et son poids ne l'empêchaient pas de se
déplacer.**
И его ширина и вес не мешали ему двигаться.
**La masse de son corps suivit lentement le mouvement de sa
tête.**
Масса его тела медленно менялась вслед за поворотом
головы.
Mais ensuite, il a passé la tête au-dessus du bord du lit.
Но затем он свесил голову с края кровати.

Et il dut faire face à une nouvelle peur à laquelle il n'avait pas encore pensé.

И он столкнулся с новым страхом, о котором раньше даже не задумывался.

Poursuivre dans cette voie pourrait s'avérer dangereux.

Дальнейшее продвижение в этом направлении может быть опасным.

Il pensait qu'il allait simplement se laisser tomber.

Он думал, что просто позволит себе упасть.

Mais ce serait un miracle s'il ne s'était pas blessé à la tête.

Но было бы чудом, если бы он не повредил голову.

Ce n'était pas le moment de risquer de perdre connaissance.

Сейчас было не время рисковать потерей сознания.

Finalement, il vaudrait peut-être mieux rester au lit.

Возможно, все-таки лучше остаться в постели.

Mais il devait ensuite faire le même effort pour revenir.

Но затем ему пришлось приложить те же усилия, чтобы вернуться.

Après tous ces efforts, il était allongé là, exactement comme avant.

После всех этих усилий он лежал там, как и прежде.

Et maintenant, ses jambes semblaient encore plus en colère qu'elles ne l'avaient été.

А теперь его ноги казались еще более воспаленными, чем прежде.

Les mouvements de sa jambe étaient devenus encore plus incontrôlables.

Движения его ноги стали еще более неконтролируемыми.

Il ne voyait aucun moyen de sortir de la situation dans laquelle il se trouvait.

Он не видел выхода из сложившейся ситуации.

Il était impossible de faire émerger la paix et l'ordre de ce chaos.

Из этого хаоса невозможно было установить мир и порядок.

Mais il savait que rester au lit n'était pas une option non plus.

Но он понимал, что оставаться в постели тоже не вариант.

Tout sacrifier était l'option la plus sensée.

Пожертвовать всем было самым разумным решением.

Il s'accrochait au moindre espoir de pouvoir se lever.

Он цеплялся за малейшую надежду встать с постели.

S'il y parvenait, tous les risques en auraient valu la peine.

Если бы ему это удалось, весь риск оправдался бы.

Mais il se souvenait aussi d'autre chose en même temps.

Но одновременно он вспомнил и кое-что ещё.

« Mieux vaut réfléchir sereinement que de prendre des décisions désespérées. »

«Спокойные размышления лучше, чем отчаянные решения».

Il concentra tous ses efforts sur la fenêtre.

Он изо всех сил сосредоточил взгляд на окне.

Mais ce qu'il vit ne lui insuffla guère de confiance ni de joie.

Но увиденное не внушило ему ни уверенности, ни радости.

La brume matinale enveloppait toute la rue étroite.

Утренний туман окутал всю узкую улицу.

Le réveil sonna à nouveau ; il était maintenant sept heures.

Будильник снова зазвонил; теперь было семь часов.

« Il est déjà sept heures et il y a encore un épais brouillard. »

«Уже семь часов, а туман всё ещё стоит».

Il resta un moment allongé, immobile, respirant faiblement.

Некоторое время он лежал спокойно, дыша лишь слабо.

Un peu de calme permettrait peut-être de retrouver une certaine normalité.

Возможно, тишина помогла бы вернуть ощущение нормальности.

Un silence complet pourrait engendrer les conditions réelles.

Полная тишина могла бы создать реальные условия.

Mais avant que l'horloge ne sonne à nouveau, il rompit le silence.

Но прежде чем часы снова пробили, он нарушил молчание.

«Avant que l'horloge ne sonne à nouveau, je dois être levé.»

«Прежде чем часы снова пробьют, я должен встать с постели».

« Je dois absolument être complètement levé à ce moment-là. »

«К этому времени я обязательно должен полностью встать с постели».

« Après 19h15, le bureau enverra quelqu'un. »

«После четверти седьмого офис пришлёт кого-нибудь».

"Parce que le bureau ouvrait avant sept heures."

«Потому что офис открылся до семи часов».

Et il commença alors à se balancer hors du lit.

И тут он начал раскачиваться, поднимаясь с кровати.

Il avait cessé de se concentrer sur le haut ou le bas de son corps.

Он перестал сосредотачиваться на верхней или нижней части тела.

Il fallut sortir tout son corps du lit.

Ему пришлось полностью оторваться от кровати.

Tomber de cette façon devrait protéger sa tête, pensa-t-il.

Он подумал, что такое падение должно защитить ему голову.

Il avait prévu de relever la tête lorsqu'il toucherait le sol.

Он планировал поднять голову, когда упадет на землю.

Son dos semblait suffisamment robuste pour encaisser le choc.

Задняя часть его тела казалась достаточно твердой, чтобы выдержать удар.

Et le tapis était là pour amortir l'atterrissage.

А ковер был нужен, чтобы смягчить приземление.

Ce qui le préoccupait le plus, cependant, c'était le bruit assourdissant.

Однако больше всего его беспокоил громкий шум.

Le bruit fracassant effrayerait tous les occupants de la maison.

Грохот мог напугать всех в доме.

Peut-être que le bruit fort ne les terrifierait pas.

Возможно, их не испугал бы громкий шум.

Mais ils seraient certainement inquiets s'ils l'apprenaient.

Но они наверняка забеспокоились бы, услышав об этом.

Mais il fallait prendre le risque d'attirer l'attention.

Но риск привлечь внимание был неизбежен.

La nouvelle méthode s'apparentait davantage à un jeu qu'à un effort.

Новый метод больше походил на игру, чем на серьезную работу.

Il devait balancer son corps par mouvements brusques et saccadés.

Ему приходилось резко и отрывисто раскачивать тело.

Gregor était déjà à moitié sorti du lit.

Грегор уже наполовину встал с кровати.

Une nouvelle idée venait de lui traverser l'esprit.

И тут ему в голову пришла новая мысль.

« Tout serait si facile si quelqu'un venait à mon secours. »

«Всё было бы так просто, если бы кто-нибудь пришёл мне на помощь».

« Deux personnes fortes suffiraient amplement. »

«Двух сильных людей будет вполне достаточно».

Son père et la servante seraient assez forts.

Его отец и служанка будут достаточно сильны.

Il leur suffirait de glisser leurs bras sous son dos.

Им оставалось лишь просунуть руки ему под спину.

Et ensuite, ils pourraient facilement le sortir du lit.

А потом они без труда могли бы вытащить его из постели.

Peut-être auraient-ils dû réduire son poids progressivement.

Возможно, им пришлось бы постепенно снижать его вес.

Alors, espérons-le, les jambes auraient trouvé leur utilité.

Надеюсь, тогда ноги нашли бы своё предназначение.

« Ne serait-il pas préférable, après tout, de demander de l'aide ? »

"А не лучше ли в итоге позвать на помощь?"

Le problème, bien sûr, c'est qu'il avait verrouillé les portes.

Проблема, конечно, заключалась в том, что он запер двери.

Il y avait quelque chose dans cette idée qui le chatouillait.

В этой мысли было что-то такое, что его заинтриговало.

Et malgré ses difficultés, il ne put réprimer un sourire.

И несмотря на все трудности, он не смог сдержать улыбку.

Il était déjà sur le point de perdre l'équilibre.

Он уже был близок к тому, чтобы потерять равновесие.

Chaque balancement le rapprochait un peu plus du moment où il basculerait du lit.

С каждым взмахом он приближался к тому, чтобы упасть с кровати.

Il allait bientôt devoir prendre la décision finale.

Вскоре ему предстояло принять окончательное решение.

Dans cinq minutes, il serait sept heures et quart.

Через пять минут должно было быть уже четверть седьмого.

Tandis qu'il était plongé dans ces pensées, la sonnette retentit.

Пока он размышлял об этом, зазвонил дверной звонок.

« C'est quelqu'un du bureau », se dit-il.

«Это кто-то из офиса», — подумал он про себя.

Et il fut presque paralysé de peur à cause du visiteur.

И он чуть не застыл от страха перед этим посетителем.

Ses jambes s'agitaient encore plus sauvagement qu'auparavant.

Его ноги двигались еще более неистово, чем прежде.

Mais ensuite, pendant un instant, tout resta silencieux.

Но затем на мгновение все затихло.

« Ils n'ouvriront pas la porte », se dit Gregor.

«Они не откроют дверь», — подумал Грегор про себя.

Il était encore prisonnier d'un espoir insensé.

Он всё ещё был охвачен какой-то бессмысленной надеждой.

Mais ensuite, bien sûr, la bonne s'est dirigée vers la porte.

Но тут, разумеется, к двери подошла горничная.

Et, comme toujours, elle ouvrit la porte au visiteur.

И, как всегда, она открыла дверь посетителю.

Gregor n'avait besoin d'entendre que les premiers mots de bienvenue du visiteur.

Грегору достаточно было услышать первое приветствие посетителя.

Il a tout de suite compris qui était venu le chercher.

Он сразу понял, кто пришел за ним.

Le chef de bureau en personne était venu prendre des nouvelles de Samsa.

Главный клерк сам пришел проведать Самсу.

Pourquoi Gregor était-il le seul à être condamné à un tel sort ?

Почему только Грегор был обречен на такую участь?

Pourquoi lui seul a-t-il dû servir dans une telle organisation ?

Почему только он должен был служить в такой организации?

Le moindre oubli éveillait immédiatement les soupçons.

Малейшая оплошность немедленно вызывала подозрение.

Tous les employés qui travaillaient là-bas étaient-ils des scélérats ?

Все ли работавшие там сотрудники были негодяями?

N'y avait-il donc parmi eux aucune personne fidèle et dévouée ?

Неужели среди них не было ни одного верного и преданного человека?

N'auraient-ils pas pu simplement envoyer un apprenti ?

Разве они не могли просто прислать ученика?

Toutes ces interrogations étaient-elles vraiment nécessaires ?

А были ли все эти вопросы вообще необходимы?

Le représentant autorisé devait-il se déplacer en personne ?

Должен ли был уполномоченный представитель приехать лично?

Fallait-il vraiment informer toute la famille innocente ?

Нужно ли было сообщать обо всем невиновном члене семьи?

Toutes ces considérations ont poussé Gregor à agir.

Все эти соображения подтолкнули Грегора к действиям.

Il se hissa hors du lit de toutes ses forces.

Он изо всех сил выпрыгнул из постели.

Il y a eu une forte détonation, mais ce n'était pas vraiment un bruit.

Раздался громкий хлопок, но это был не совсем шум.

La chute avait été légèrement amortie par le tapis.

Падение было слегка смягчено ковром.

Son dos était plus élastique que Gregor ne l'avait imaginé.

Его спина оказалась более эластичной, чем предполагал Грегор.

Le son était donc plus sourd et moins perceptible.

Поэтому звук стал более приглушенным и не таким заметным.

Mais il n'avait pas fait attention à sa tête pendant sa chute.

Но во время падения он не позаботился о своей голове.

Et lorsqu'il a touché le sol, il s'est aussi cogné la tête.

А когда он упал на землю, то ещё и головой ударился.

Il se frotta la tête sur le tapis, en colère et souffrant.

Он в гневе и боли потёрся головой о ковёр.

Mais le gérant, qui se trouvait dans la pièce d'à côté, a entendu le bruit.

Но менеджер в соседней комнате услышал шум.

« Quelque chose est tombé là-dedans », a-t-il observé avec justesse.

«Там что-то упало», — справедливо заметил он.

Gregor essaya d'imaginer le manager dans sa situation.

Грегор попытался представить себе менеджера в его ситуации.

« La même chose pourrait-elle lui arriver ? » se demanda-t-il.

«Может ли с ним случиться то же самое?» — подумал он.

Il a admis que cet étrange événement pouvait être possible.

Он смирился с мыслью, что это странное событие вполне возможно.

Puis le chef de bureau fit quelques pas vers la pièce.

Затем главный клерк сделал несколько шагов в комнату.

C'était presque une réponse grossière à la question qu'il avait posée.

Это был почти грубый ответ на заданный им вопрос.

Ses bottes en cuir grinçaient lorsqu'il s'approcha de la porte.

Когда он приблизился к двери, его кожаные ботинки заскрипели.

Depuis la pièce située à sa droite, sa servante lui chuchota quelque chose.

Из комнаты справа от него его служанка что-то прошептала ему.

"Gregor, le représentant autorisé est ici."

«Грегор, уполномоченный представитель здесь».

« Je sais », dit Gregor, mais seulement à voix basse pour lui-même.

«Знаю», — сказал Грегор, но лишь тихо про себя.

Il n'osait pas élever la voix au-dessus d'un murmure.

Он не смел повышать голос выше шепота.

Parce que Gregor ne voulait pas que sa sœur l'entende.

Потому что Грегор не хотел, чтобы его сестра его услышала.

« Gregor », dit le père depuis la pièce de gauche.

«Грегор», — сказал отец из комнаты слева.

«Le responsable est venu vérifier quel est le problème.»

«Пришёл менеджер, чтобы выяснить, в чём проблема».

« Il vous a demandé pourquoi vous n'aviez pas pris le premier train. »

«Он спросил, почему вы не уехали ранним поездом».

« Nous ne savons pas quoi lui dire », a déclaré le père.

«Мы не знаем, что ему сказать», — заявил отец.

« D'ailleurs, il souhaite également vous parler personnellement. »

«Кстати, он также хочет поговорить с вами лично».

« Veuillez ouvrir la porte, afin qu'il puisse vous parler. »

«Пожалуйста, откройте дверь, чтобы он мог с вами поговорить».

« Il aura la gentillesse d'excuser le désordre dans la chambre. »

«Он будет достаточно любезен, чтобы простить беспорядок в комнате».

« Bonjour, Monsieur Samsa », lui lança le directeur.

«Доброе утро, господин Самса», — окликнул его управляющий.

Et il lui a certainement parlé de manière amicale.
И он, безусловно, говорил с ним в дружелюбной манере.

« Il ne se sent pas bien », dit la mère au gérant.
«Ему нездорово», — сказала мать управляющему.

« Il ne va pas bien du tout, croyez-moi, cher manager. »
«Ему совсем нездорово, поверьте мне, уважаемый менеджер».

« Sinon, pourquoi Gregor aurait-il raté le train du matin ? »
«Иначе зачем бы Грегор опоздал на утренний поезд?»

«Le garçon ne pense qu'à ses affaires.»
«Мальчик думает только о бизнесе».

« Cela m'agace presque qu'il ne fasse rien d'autre. »
«Меня почти раздражает, что он больше ничего не делает».

« J'aimerais qu'il sorte le soir pour prendre l'air. »
«Жаль, что он не выходит по вечерам подышать свежим воздухом».

« Il était en ville pendant huit jours pour affaires. »
«Он находился в городе восемь дней по делам».

« Mais il était chez lui tous les soirs. »
«Но каждый из этих вечеров он был дома».

«Il s'assoit à notre table et lit le journal.»
«Он сидит за нашим столом и читает газету».

« À d'autres moments, il étudie les horaires des trains. »
В другое время он изучает расписания поездов.

«Il lui arrive de s'occuper en faisant de la menuiserie.»
«Иногда он занимается плотницкими работами».

« Par exemple, il a sculpté un petit cadre photo en bois. »
«Например, он вырезал небольшую деревянную рамку для картины».

« Pendant deux ou trois soirées, il était occupé avec la scie. »
«В течение двух или трех вечеров он был занят работой с пилой».

«Vous serez étonné(e) de voir à quel point le cadre photo est joli.»

«Вы будете поражены тем, насколько красива эта рамка
для картины».
«Il a accroché le cadre photo dans sa chambre.»
«Он повесил рамку с картиной у себя в комнате».
« Quand il ouvrira la porte, vous verrez ses boiseries. »
«Когда он откроет дверь, вы увидите его деревянную
отделку».
**« Au fait, je suis ravi que vous soyez ici, Monsieur Prokurist.
»**
«Кстати, я рад, что вы здесь, господин Прокурист».
**« Nous n'aurions pas pu, à nous seuls, forcer Gregor à ouvrir
la porte. »**
«Мы одни не смогли бы заставить Грегора открыть дверь».
« Il est tellement têtu », a avoué sa mère au vendeur.
«Он такой упрямый», — призналась его мать продавцу.
« Il est certainement malade, même s'il l'a nié auparavant. »
«Он определенно нездоров, хотя и отрицал это раньше».
**« J'arrive tout de suite », dit Gregor lentement et
prudemment.**
«Я сейчас же приду», — медленно и осторожно произнес
Грегор.
Mais il ne fit aucun mouvement vers la porte de la pièce.
Но он не сделал ни шага в сторону двери комнаты.
Il ne voulait pas perdre un seul mot de la conversation.
Он не хотел упустить ни слова из разговора.
Le chef de bureau a approuvé l'évaluation de la mère.
Главный секретарь согласился с оценкой матери.
« Je ne peux pas l'expliquer autrement non plus, madame. »
«Я тоже не могу объяснить это иначе, мадам».
**« Espérons tous qu'il ne souffre d'aucune maladie grave », a-
t-il déclaré.**
«Будем надеяться, что у него нет серьезных заболеваний»,
— сказал он.
« D'un autre côté, c'est un risque pour notre secteur. »
«С другой стороны, это представляет опасность для нашей
отрасли».

« Nous, les hommes d'affaires, devons souvent surmonter un certain malaise. »

«Нам, деловым людям, часто приходится преодолевать дискомфорт».

« Les professionnels doivent simplement faire abstraction des petites douleurs. »

«Профессионалам нужно лишь преодолевать небольшие трудности».

Pendant ce temps, son père frappa de nouveau à l'autre porte.

Тем временем его отец снова постучал в другую дверь.

« Le chef de bureau peut-il entrer maintenant ? » demanda-t-il.

«Может ли сейчас войти главный клерк?» — хотел он узнать.

« Non, il ne peut pas », répondit Gregor à la question de son père.

«Нет, он не может», — ответил Грегор на вопрос отца.

Un silence gênant s'installa dans la pièce de gauche.

В комнате слева повисла неловкая тишина.

Dans la pièce de droite, la sœur se mit à sangloter.

В комнате справа сестра начала рыдать.

Pourquoi la sœur n'était-elle pas partie rejoindre les autres ?

Почему сестра не пошла к остальным?

Elle venait probablement de se lever, pensa-t-il.

Наверное, она только что встала с постели, подумал он.

Elle n'a peut-être même pas encore commencé à s'habiller.

Возможно, она еще даже не начала одеваться.

Mais Gregor ne comprenait pas pourquoi elle pleurait.

Но Грегор не мог понять, почему она плачет.

Était-ce parce qu'il ne s'était pas levé pour laisser entrer le directeur ?

Может быть, это потому, что он не встал и не впустил менеджера?

Était-ce parce qu'il risquait de perdre son emploi ?

Возможно, это было связано с тем, что ему грозила потеря работы?

Le patron pourrait-il s'en prendre aux parents comme avant ?

Может ли начальник, как и прежде, начать преследовать родителей?

Allait-il leur formuler à nouveau les mêmes exigences qu'auparavant ?

Собирался ли он снова выдвинуть против них прежние требования?

Il n'y avait probablement pas lieu de s'inquiéter de ces choses-là.

Вероятно, беспокоиться об этих вещах не стоило.

Pour le moment, elle n'avait aucune raison de pleurer.

На данный момент у неё не было причин плакать.

Gregor était toujours là, subvenant aux besoins de sa famille.

Грегор всё ещё был здесь и обеспечивал семью.

Et il n'a jamais eu l'intention de quitter sa famille.

И у него никогда не было намерения покидать семью.

Pour le moment, il restait simplement allongé là, sur le tapis.

Пока что он просто лежал на ковре.

La famille ignorait son état.

Семья не знала, в каком он состоянии.

S'ils avaient su, ils n'auraient pas encouragé son patron.

Если бы они знали, то не стали бы подстрекать его начальника.

Ils n'auraient même pas laissé entrer le gérant.

Они бы даже управляющего в дом не пустили.

Le refouler n'aurait pas été particulièrement impoli.

Отказать ему было бы не особенно невежливо.

Il aurait facilement pu trouver une excuse convenable plus tard.

Позже он вполне мог бы найти подходящий предлог.

Ce n'était pas un motif de licenciement.

За это его нельзя было уволить.

Gregor pensait qu'il serait plus judicieux de le laisser tranquille désormais.

Грегор посчитал, что сейчас будет разумнее оставить его одного.

Le déranger en pleurant et en parlant n'a pas beaucoup aidé.

Беспокоить его плачем и разговорами мало что дало.

Mais c'était l'incertitude qui inquiétait les autres.

Но остальных беспокоила именно неопределенность.

Et c'est cette incertitude qui a excusé leur comportement.

Именно эта неуверенность и оправдывала их поведение.

« Monsieur Samsa », appela le directeur d'une voix forte.

«Господин Самса», — повысив голос, окликнул менеджер.

« Qu'est-ce qui se passe avec toi ? » a-t-il voulu savoir.

«Что с тобой происходит?» — хотел он узнать.

« Tu t'es barricadé dans ta chambre. »

«Вы забаррикадировались в своей комнате».

«Vous ne pouvez répondre que par «oui» ou «non».»

«Вы отвечаете только „да" или „нет"».

«Vous causez de sérieux soucis à vos parents.»

«Вы доставляете своим родителям серьезные поводы для беспокойства».

« Je ne vois pas de bonne raison de les inquiéter. »

«Я не вижу веских причин, по которым вы могли бы их беспокоить».

« Il y a une autre chose que je mentionnerai en passant. »

«Есть ещё один момент, о котором я хотел бы упомянуть вскользь».

«Vous négligez également vos obligations professionnelles envers nous.»

«Вы также пренебрегаете своими деловыми обязанностями перед нами».

« Une telle irresponsabilité ne vous ressemble pas du tout. »

«Такая безответственность совершенно не свойственна вашему характеру».

« Je parle ici au nom de vos parents et de votre patron. »

«Я выступаю здесь от имени ваших родителей и вашего начальника».

« Et je vous demande une explication immédiate et claire. »

«И я прошу вас немедленно и четко объяснить ситуацию».

« Je dois dire que tout cela m'étonne vraiment. »

«Должен сказать, меня всё это действительно поражает».

« Je pensais vous connaître comme une personne calme et raisonnable. »

«Мне казалось, что я знаю вас как спокойного и рассудительного человека».

« Mais maintenant, tu nous montres une autre facette de toi. »

«Но теперь вы показываете нам другую свою сторону».

«Vous faites soudain preuve de vos caprices très particuliers.»

«Внезапно вы начинаете проявлять свои весьма странные прихоти».

« Mais il pourrait y avoir une explication à votre échec. »

«Но, возможно, есть объяснение вашей неудаче».

« Le patron a mentionné une dette que vous aviez recouvrée pour nous. »

«Начальник упомянул о долге, который вы для нас взыскали».

« J'ai donné ma parole d'honneur au patron en votre nom. »

«Я дал начальнику слово чести от вашего имени».

« Mais maintenant je vois votre obstination incompréhensible. »

«Но теперь я вижу ваше непостижимое упрямство».

« Je pourrais encore perdre toute envie de vous aider. »

«Возможно, я всё ещё потеряю всякое желание вам помогать».

«Votre sécurité d'emploi n'est en aucun cas totalement stable.»

«Ваша профессиональная стабильность отнюдь не гарантирована».

« À l'origine, je comptais vous dire tout cela en privé. »

«Изначально я собирался рассказать вам обо всём этом наедине».

« Mais maintenant je vois que vous voulez que je perde mon temps ici. »

«Но теперь я вижу, что вы хотите, чтобы я потратил здесь время впустую».

«Je ne vois donc aucune raison pour que vos parents ne le sachent pas.»

«Поэтому я не вижу причин, почему ваши родители не должны об этом знать».

«Vos récentes performances n'ont pas été satisfaisantes.»

«Ваши последние результаты неудовлетворительны».

« Je reconnais que les ventes sont plus lentes à cette période de l'année. »

«Я признаю, что в это время года продажи идут медленнее».

« Mais il n'y a pas de période de l'année où il n'y a pas de ventes. »

«Но не бывает такого времени года, когда распродажи прекращаются».

Pendant un instant, Gregor oublia tout ce qui l'entourait.

На мгновение Грегор забывает обо всём, что его окружает.

« Mais Monsieur Prokurist ! » s'écria Gregor, désespéré.

«Но господин Прокурист!» — в отчаянии воскликнул Грегор.

« J'ouvre la porte tout de suite, maintenant, ne vous inquiétez pas. »

«Я сейчас же открою дверь, не волнуйтесь».

«Le problème, c'est que je ne me sens pas très bien.»

«Проблема в том, что я чувствую себя довольно плохо».

« Mes vertiges m'ont empêché d'atteindre la porte. »

«Из-за головокружения я не смог дойти до двери».

« Je suis encore au lit, mais je me sens beaucoup mieux. »

«Я всё ещё лежу в постели, но чувствую себя намного лучше».

«Un instant, s'il vous plaît, je viens de me lever.»

«Одну минутку, пожалуйста, я только что встал с постели».

« Un instant de patience, c'est tout ce que je vous demande, Monsieur Prokurist. »

«Прошу лишь немного терпения, господин Прокурист».

« Ça ne se passe pas aussi bien que je le pensais, mais ça ira. »

«Всё идёт не так хорошо, как я думал, но я справлюсь».
« Comment une telle chose peut-elle arriver à une personne aussi rapidement ? »
«Как такое может случиться с человеком так быстро?»
« Je me sentais bien hier soir, mes parents le savent. »
«Вчера вечером я чувствовал себя прекрасно, мои родители это знают».
« Mais peut-être avais-je déjà un petit pressentiment à ce moment-là. »
«Но, возможно, у меня уже тогда было небольшое предчувствие».
«Vous pourriez vous demander pourquoi je ne l'ai pas signalé au bureau.»
«Вы можете спросить, почему я не сообщил об этом в офис».
« Je pensais que je me sentirais beaucoup mieux demain matin. »
«Я думал, что утром мне станет намного лучше».
« On pense toujours qu'ils auront vaincu la maladie d'ici là. »
«Всегда кажется, что к тому времени болезнь уже будет побеждена».
« Mais je vous en prie ! Épargnez mes parents de ces accusations ! »
«Но пожалуйста! Избавьте моих родителей от этих обвинений!»
« On ne m'a pas dit un mot de ce que vous m'avez dit. »
«Мне ни слова не сказали о том, что вы мне рассказали».
« Il se peut que vous n'ayez pas lu les dernières commandes que j'ai envoyées. »
«Возможно, вы не читали мои последние распоряжения».
« Au fait, vous n'avez pas à vous inquiéter pour moi aujourd'hui. »
«Кстати, сегодня вам не о чем беспокоиться обо мне».
«Je vais quand même prendre le train de huit heures.»
«Я всё равно поеду на поезде в восемь часов».

« Ces quelques heures de repos m'ont suffisamment
revigoré. »

«Несколько часов отдыха меня достаточно окрепли».

« Vous n'avez vraiment pas besoin d'attendre, manager. »

«Вам действительно нет необходимости ждать, менеджер».

« Moi aussi, je serai bientôt au bureau. »

«Я тоже скоро буду в офисе».

« Et s'il vous plaît, ayez la gentillesse de dire un mot en ma
faveur. »

«И пожалуйста, будьте так любезны и замолвите за меня
словечко».

Gregor avait donné son explication assez précipitamment.

Грегор изложил свое объяснение довольно поспешно.

Il ne savait pas vraiment ce qu'il essayait de dire.

Он едва ли понимал, что на самом деле пытается сказать.

**Il s'est approché de la boîte et a essayé de s'en servir pour se
lever.**

Он подошел к коробке и попытался использовать ее,
чтобы встать.

Il avait vraiment l'intention d'ouvrir la porte.

Он действительно намеревался открыть дверь.

Il souhaitait être reçu par le représentant autorisé.

Он хотел, чтобы его осмотрел уполномоченный
представитель.

Et il voulait régler le problème avec lui personnellement.

И он хотел решить проблему лично с ним.

**Il était impatient de savoir comment les autres réagiraient à
son égard.**

Ему не терпелось узнать, как отреагируют на него другие.

**Ils doivent maintenant être impatients de savoir comment il
va.**

Наверняка им тоже не терпится узнать, как у него дела.

**Il y avait deux façons possibles dont ils pouvaient réagir face
à lui.**

Они могли отреагировать на него двумя способами.

Une possibilité était qu'ils aient peur.

Одна из возможных причин заключалась в том, что они
испугались.

S'ils avaient peur, alors il n'en était pas responsable.

Если они испугались, то он не несёт никакой
ответственности.

Et alors, il n'aurait plus à s'inquiéter de la situation.

И тогда ему не пришлось бы беспокоиться об этой
ситуации.

Mais il y avait aussi une autre possibilité à envisager.

Но был и другой вариант, который стоило обдумать.

Peut-être accepteraient-ils sereinement sa personnalité.

Возможно, они спокойно примут его таким, какой он есть.

Gregor n'aurait alors aucune raison de se fâcher non plus.

Тогда у Грегора тоже не было бы причин расстраиваться.

Il y aurait encore assez de temps pour prendre le train.

Времени ещё хватит, чтобы сесть на поезд.

Cependant, se tenir debout n'était pas une tâche facile.

Однако стоять прямо было отнюдь не простой задачей.

Lors de ses premières tentatives, il a glissé hors de la boîte.

При первых нескольких попытках он соскользнул с ящика.

La boîte était trop lisse pour qu'il puisse s'y appuyer.

Коробка была слишком гладкой, чтобы он мог устоять на
ней.

Et finalement, il se donna un dernier effort pour se relever.

И наконец, он сделал последнюю попытку подняться.

**Il ne prêta plus attention à la douleur qu'il ressentait à
l'abdomen.**

Он перестал обращать внимание на боль в животе.

Peu importe l'intensité de la douleur, il la surmonterait.

Какую бы боль он ни испытывал, он её преодолеет.

Il se laissa tomber contre le dossier d'une chaise voisine.

Он плюхнулся на спинку стоящего рядом стула.

Et il s'accrochait aux bords avec ses petites jambes.

И он держался за края своими маленькими ножками.

À ce stade, il avait repris le contrôle de lui-même.

К этому моменту он стал лучше контролировать себя.

Et sa chute fut plus silencieuse que la précédente.

И его падение было более тихим, чем предыдущее.
Parce qu'il devait écouter ce que disait le manager.
Потому что ему приходилось слушать, что говорил менеджер.
« Avez-vous compris quelque chose à tout cela ? » demanda-t-il aux parents.
«Вы хоть что-нибудь из этого поняли?» — спросил он родителей.
« Il ne se moquerait pas de nous, n'est-ce pas ? »
«Он же не станет нас дураками выставлять, правда?»
« Pour l'amour de Dieu ! » s'écria la mère, déjà en larmes.
«Ради Бога!» — воскликнула мать, уже плача.
« Il est peut-être gravement malade et nous le tourmentons. »
«Возможно, он серьезно болен, а мы его мучаем».
« Grete ! Grete ! » cria-t-elle à sa fille.
"Грете! Грете!" — закричала она дочери.
« Maman ? » appela la sœur de l'autre côté.
"Мама?" — позвала сестра с другой стороны.
Ils ont ensuite communiqué par l'intermédiaire de la chambre de Gregor.
Затем они общались через комнату Грегора.
« Gregor est très malade et il a besoin de médicaments. »
«Грегор очень болен, и ему нужны лекарства».
«Vous devrez aller chez le médecin immédiatement.»
«Вам необходимо немедленно обратиться к врачу».
« Tu as entendu comment Gregor parlait tout à l'heure ? »
«Вы слышали, как только что говорил Грегор?»
« C'était la voix d'un animal », a déclaré le gérant.
«Это был голос животного», — сказал менеджер.
Ses paroles étaient douces comparées aux cris de la mère.
Его слова звучали тихо по сравнению с криками матери.
« Anna ! Anna ! » appela le père depuis l'antichambre.
"Анна! Анна!" — крикнул отец из прихожей.
Et il a claqué des mains pour attirer leur attention.
И он захлопал в ладоши, чтобы привлечь их внимание.
« Appelez immédiatement un serrurier ! » ordonna-t-il à la bonne.

«Немедленно вызовите слесаря!» — приказал он горничной.

Les filles, en jupes, traversèrent l'antichambre en courant.

Девушки в юбках пробежали через прихожую.

Et leurs jupes bruissaient lorsqu'elles passèrent en courant devant sa chambre.

Их юбки шелестели, когда они пробегали мимо его комнаты.

« Comment sa sœur a-t-elle fait pour s'habiller si vite ? » se demanda-t-il.

«Как сестра так быстро оделась?» — подумал он.

La porte a été arrachée, mais elle n'a pas été claquée.

Дверь была распахнута, но не захлопнута.

C'est fréquent dans les maisons où survient un grand malheur.

Это часто случается в семьях, где происходит большое несчастье.

Mais tout cela avait considérablement apaisé Gregor.

Но всё это значительно успокоило Грегора.

Quand il entendait ses propres paroles, elles lui paraissaient claires.

Когда он услышал свои собственные слова, они показались ему ясными.

En fait, il estimait que ses paroles avaient été plus claires.

На самом деле, он считал, что его слова были даже яснее.

Mais les autres ne comprenaient plus ce qu'il disait.

Но остальные уже не понимали, что он говорит.

Peut-être s'était-il habitué à ses oreilles à ce moment-là.

Возможно, к этому моменту он уже привык к своим ушам.

Mais au moins, ils comprenaient maintenant mieux sa situation.

Но, по крайней мере, теперь они лучше понимали его ситуацию.

Ils se sont rendu compte qu'il y avait vraiment quelque chose qui n'allait pas chez lui.

Они поняли, что с ним действительно что-то не так.

Et ils faisaient maintenant tout leur possible pour l'aider.

И теперь они делали все возможное, чтобы помочь ему.

Cela redonna à Gregor un sentiment de confiance qui lui manquait.

Это придало Грегору чувство уверенности, которого ему так не хватало.

Et il se sentait de nouveau beaucoup plus en sécurité au sein de sa famille.

И он снова почувствовал себя гораздо увереннее в семье.

Il avait le sentiment d'être à nouveau intégré au cercle humain.

Он почувствовал, что снова стал частью человеческого круга.

Il ne lui restait plus qu'à espérer que le serrurier puisse ouvrir la porte.

Теперь ему оставалось только надеяться, что слесарь сможет открыть дверь.

Et il espérait que le médecin serait capable d'accomplir de telles tâches.

И он надеялся, что доктор сможет выполнить такие задачи.

Il allait bientôt devoir reprendre la parole.

Ему вскоре снова придётся много говорить.

Il allait falloir que sa voix soit aussi claire que possible.

Его голос должен был быть максимально чистым.

Pour se préparer à la réunion, il s'éclaircit la gorge.

Чтобы подготовиться к встрече, он откашлялся.

Il s'efforçait toutefois de tousser très discrètement.

Однако он изо всех сил старался кашлять очень тихо.

Ce bruit pouvait être différent d'une toux humaine.

Этот звук мог отличаться от обычного человеческого кашля.

Il savait qu'il ne pouvait plus faire la différence entre de telles choses.

Он понимал, что больше не может различать подобные вещи.

Dans la pièce voisine, le silence était total.

В соседней комнате воцарилась полная тишина.

Les parents étaient probablement assis à table.

Вероятно, родители сидели за столом.

Ils chuchotaient peut-être avec le gérant.

Возможно, они перешёптывались с менеджером.

Peut-être que tout le monde était appuyé contre la porte et écoutait.

Возможно, все прислонились к двери и прислушивались.

Gregor poussa lentement la chaise vers la porte.

Грегор медленно подтолкнул стул к двери.

Il s'appuya contre la porte et se tint droit.

Он толкнул дверь и выпрямился.

Il a découvert que la plante de ses pieds était légèrement collée.

Он обнаружил, что на подушечках его стоп есть немного клея.

Et il se reposa là un instant, épuisé.

И он на мгновение отдохнул, преодолев напряжение.

Après s'être suffisamment reposé, il s'attela à la tâche suivante.

Достаточно отдохнув, он приступил к следующему заданию.

Il commença à tourner la clé dans la serrure avec sa bouche.

Он начал поворачивать ключ в замке ртом.

Malheureusement, il semblait qu'il n'avait pas de dents.

К сожалению, похоже, у него вообще не было зубов.

Mais quel autre moyen avait-il pour s'emparer des clés ?

Но каким ещё способом он мог заполучить ключи?

Heureusement pour lui, ses mâchoires étaient bien sûr très fortes.

К счастью для него, его челюсти, конечно же, были очень сильными.

Grâce à la force de ses mâchoires, il a vraiment réussi à faire bouger la clé.

С помощью своих челюстей он действительно смог сдвинуть ключ с места.

Il ne doutait pas qu'il se faisait du mal à lui-même également.

également.

Он нисколько не сомневался, что причиняет вред и самому себе.

Parce qu'un liquide brunâtre sortait de sa bouche.

Потому что изо рта у него вытекала коричневая жидкость.

Le liquide brunâtre a coulé sur la clé et le long de la porte.

Коричневая жидкость потекла по ключу и стекала по двери.

Mais Gregor ne se souciait pas de se faire du mal.

Но Грегора не волновало, что он причиняет себе вред.

« Vous entendez ça ? » demanda le gérant dans la pièce voisine.

«Вы это слышите?» — спросил менеджер в соседней комнате.

« Il tourne la clé », avait remarqué le gérant.

«Он поворачивает ключ», — заметил менеджер.

Ces paroles furent un grand encouragement pour Gregor.

Эти слова стали для Грегора огромным ободрением.

Mais le père et la mère auraient également dû crier :

Но отец и мать тоже должны были крикнуть:

« Bien joué, Gregor ! » auraient-ils dû lui crier.

«Молодец, Грегор!» — следовало бы им крикнуть ему.

«Continue, continue de tourner la clé, tu peux le faire.»

«Продолжай, продолжай поворачивать ключ, у тебя всё получится».

Mais Gregor dut plutôt imaginer leur enthousiasme.

Но Грегору оставалось лишь представить их восторг.

Il serra les mâchoires de toutes ses forces.

Он сжал челюсти изо всех сил.

Et il continua à tourner la clé dans la serrure.

И он продолжал вращать ключ в замке.

Son corps se tordit douloureusement en un cercle.

Его тело мучительно извивалось по кругу.

Il ne tenait plus debout qu'avec sa bouche.

Теперь он держался в вертикальном положении, опираясь только на рот.

Pour continuer à tourner la clé, il appuya contre la porte.

Чтобы продолжить поворачивать ключ, он надавливал на дверь.

Finalement, le claquement de la serrure réveilla de nouveau Gregor.

Наконец, щелчок замка снова разбудил Грегора.

« Je n'avais donc pas besoin du serrurier », soupira-t-il de soulagement.

«Значит, мне не понадобился слесарь», — вздохнул он с облегчением.

Il ne lui restait plus qu'à ouvrir la porte qu'il avait déverrouillée.

Теперь ему оставалось только открыть дверь, которую он отпер.

Et, la tête sur la poignée, il ouvrit la porte.

И, положив голову на ручку, он открыл дверь.

Il se trouvait derrière la porte qui donnait sur sa chambre.

Он находился за дверью, которая вела в его комнату.

La porte était donc déjà ouverte avant même qu'on puisse le voir.

Поэтому дверь уже была открыта, прежде чем его удалось увидеть.

Il lui fallait ensuite se faufiler autour de la porte elle-même.

Затем ему пришлось протиснуться вокруг самой двери.

Ce mouvement difficile a également nécessité beaucoup d'efforts.

Это сложное движение также потребовало больших усилий.

Il ne voulait pas tomber maladroitement dans la pièce voisine.

Он не хотел неуклюже упасть в соседнюю комнату.

Il n'avait donc pas le temps de prêter attention à quoi que ce soit d'autre.

Поэтому у него не было времени обращать внимание ни на что другое.

Mais il entendit alors le chef de bureau s'exclamer bruyamment : « Oh ! »

Но тут он услышал, как главный клерк громко воскликнул: «О!»

On aurait dit que le vent soufflait en rafales dans la maison.

Звук был такой, будто ветер свистел в доме.

Il se trouvait être celui qui était le plus proche de la porte.

Так уж получилось, что он оказался ближе всех к двери.

Et maintenant, en le voyant, il porta sa main à sa bouche.

И тут, увидев его, он прикрыл рот рукой.

Il recula lentement, s'éloignant de Gregor.

Он медленно отступил назад, подальше от Грегора.

Mais c'était comme si une force invisible agissait sur lui.

Но казалось, будто на него действовала невидимая сила.

La première chose que fit la mère fut de regarder le père.

Первое, что сделала мать, — посмотрела на отца.

Malgré la présence du gérant, ses cheveux étaient en désordre.

Несмотря на присутствие менеджера, ее волосы были растрепаны.

Elle déplia les bras et fit deux pas en avant.

Она расправила руки и сделала два шага вперед.

Mais elle s'est effondrée au milieu de sa jupe.

Но затем она упала, едва держась за юбку.

Sa robe s'est étalée tout autour d'elle sur le sol.

Ее платье расплылось по полу.

Et sa tête disparut sur sa poitrine.

И её голова слилась с собственной грудью.

Le père serra le poing avec une expression hostile.

Отец сжал кулак с враждебным выражением лица.

Il semblait vouloir que Gregor soit renvoyé dans sa chambre.

Похоже, он хотел, чтобы Грегора оттеснили обратно в его комнату.

Il jeta ensuite un regard incertain autour du salon.

Затем он неуверенно оглядел гостиную.

Et finalement, il se couvrit les yeux entre ses mains.

И наконец, он закрыл глаза руками.

Et il pleura amèrement jusqu'à ce que sa poitrine puissante tremble.

И он горько плакал, пока не задрожала его могучая грудь.

Gregor n'est en réalité pas entré dans leur chambre.

Грегор на самом деле вообще не заходил в их комнату.

Au lieu de cela, il s'appuya contre le cadre de la porte.

Вместо этого он прислонился к дверному косяку.

Seule la moitié de son corps était visible de l'extérieur.

Снаружи была видна лишь половина его тела.

Et sur son corps reposait sa tête, inclinée sur le côté.

А над его телом находилась голова, наклоненная вбок.

La lumière était désormais devenue beaucoup plus vive qu'auparavant.

К этому моменту свет стал намного ярче, чем прежде.

On pouvait désormais voir clairement l'autre côté de la rue.

Теперь отчетливо была видна другая сторона улицы.

Une partie de l'hôpital gris et interminable se dévoila.

Перед нами открылся фрагмент бесконечного серого здания больницы.

La pluie matinale n'avait pas encore complètement cessé de tomber.

Утренний дождь еще не прекратился совсем.

Mais maintenant, les gouttes de pluie étaient plus grosses et plus espacées.

Но теперь капли дождя стали крупнее и располагались дальше друг от друга.

Les plats du petit-déjeuner étaient disposés en abondance sur la table.

На столе было в изобилии представлено множество блюд для завтрака.

Le père considérait le petit-déjeuner comme le repas le plus important.

Отец считал завтрак самым важным приемом пищи.

Le petit-déjeuner était un repas qu'il s'éternisait pendant des heures.

Завтрак для него был приемом пищи, который он растягивал на несколько часов.

Et pendant ces heures, il lisait les différents journaux.
И в эти часы он читал различные газеты.
Juste en face, sur le mur, était accrochée une photo de Gregor.
На противоположной стене висела фотография Грегора.
La photographie accrochée au mur le montrait en lieutenant.
На фотографии на стене он был изображён в звании лейтенанта.
C'était une photo de l'époque où il était dans l'armée.
Это была фотография времён его службы в армии.
Sa main était posée sur son épée, et il arborait un sourire insouciant.
Его рука лежала на мече, и на лице была беззаботная улыбка.
Sa posture et son uniforme imposaient un certain respect.
Его осанка и форма внушали определённое уважение.
L'autre porte qui menait à l'antichambre était également ouverte.
Другая дверь, ведущая в прихожую, тоже была открыта.
Et la porte de l'appartement était encore ouverte elle aussi.
И дверь в квартиру тоже оставалась открытой.
On pouvait voir jusqu'à la cour de l'immeuble.
Отсюда открывался вид на всю территорию перед домом.
Puis les escaliers descendaient sur la rue en contrebas.
А затем лестница вела вниз, на улицу.
Gregor était le seul à avoir gardé son sang-froid.
Грегор был единственным, кто сохранил самообладание.
Il a constaté cela, la conversation était donc de sa responsabilité.
Он это видел, поэтому ответственность за этот разговор лежала на нём.
« Bon, je vais m'habiller pour le travail maintenant », dit-il.
«Ну, а я пойду оденусь на работу», — сказал он.
« Une fois que j'aurai emballé les échantillons de tissu, je partirai. »
«После того, как я упакую образцы ткани, я уйду».

«Vous comptez toujours me tirer dessus, Monsieur Prokurist ?»

«Вы по-прежнему намерены меня уволить, господин Прокурист?»

« Comme vous pouvez le constater, je ne suis pas aussi têtue que vous le pensiez. »

«Как видите, я не такой упрямый, как вы думали».

« Et vous pouvez constater que j'aime bien travailler, après tout. »

«И, как видите, мне все-таки нравится работать».

« Je peux admettre que voyager pour le travail n'est pas facile. »

«Могу признать, что ездить в командировки непросто».

« Mais je peux aussi accepter que cela fasse partie de mon travail. »

«Но я также могу смириться с тем, что это часть моей работы».

« Chef de projet, où allez-vous ? Retournez-vous au bureau ? »

«Менеджер, куда вы идёте? Обратно в офис?»

« Allez-vous rapporter fidèlement tout ce que vous avez vu ? »

«Вы честно расскажете обо всем, что видели?»

«Il arrive parfois qu'on soit dans l'incapacité d'aller travailler.»

«Иногда случается, что человек не может пойти на работу».

« C'est le moment idéal pour se souvenir des succès passés. »

«Сейчас самое время вспомнить о прошлых достижениях».

« Une fois la difficulté surmontée, on travaille encore mieux. »

«Устранив сложность, работа становится еще лучше».

« Ma diligence et ma concentration vont augmenter. »

«Моя усердие и концентрация внимания должны возрасти».

«Vous savez très bien que je suis redevable envers le patron.»

«Вы прекрасно знаете, что я в долгу перед начальником».

« Mais je suis aussi inquiète pour mes parents et ma sœur. »

«Но я также беспокоюсь о своих родителях и сестре».

« Je suis dans une situation délicate, mais je vais m'en sortir. »

«Я оказался в затруднительном положении, но я из него выберусь».

« Ne compliquez pas davantage les choses. »

«Не усложняйте ситуацию еще больше, чем она уже есть».

« En tant que collègues, nous devons aussi nous entraider. »

«Как коллеги, мы тоже должны помогать друг другу».

« Je sais que les employés de bureau n'aiment pas les voyageurs. »

«Я знаю, что офисные работники не любят путешественников».

«Vous croyez qu'on gagne des fortunes et qu'on mène une vie confortable.»

«Вы думаете, мы зарабатываем целое состояние и живём хорошей жизнью?»

« Ils n'ont aucune raison valable de tenir compte de leurs préjugés. »

«У них нет реальных оснований задумываться о своих предрассудках».

« Mais vous, agent habilité, votre rôle est différent. »

«Но у вас, уполномоченного лица, другая роль».

«Vous avez une meilleure vue d'ensemble que les autres membres du personnel.»

«У вас более широкий кругозор, чем у остальных сотрудников».

« En fait, je pense que vous avez peut-être la meilleure vue d'ensemble. »

«На самом деле, я думаю, что у вас, возможно, наилучшее представление о ситуации».

«Vous avez une meilleure vision d'ensemble que le patron lui-même.»

«У вас более чёткое представление о ситуации, чем у самого начальника».

« J'admets que c'est le patron qui fait le travail d'entrepreneur. »

«Признаю, что предпринимательскую работу выполняет именно начальник».

« Mais il est facile de se tromper dans ses jugements. »

«Но его суждения легко могут быть ошибочными».

« Et ces petites erreurs de jugement peuvent nous être préjudiciables. »

«И эти мелкие ошибки в суждениях могут нам навредить».

«Vous savez combien il est facile de parler du voyageur.»

«Вы же знаете, как легко говорить о путешественнике».

« Il n'est pas là pour défendre sa réputation contre les rumeurs. »

«Он здесь не для того, чтобы защищать свою репутацию от сплетен».

« Ces accusations peuvent très bien n'être que des coïncidences. »

«Эти обвинения вполне могут оказаться просто совпадениями».

« Nombre de ces plaintes ne reposent même sur aucune vérité. »

«Многие жалобы даже не основаны на каких-либо истинах».

«Il est absent du bureau pendant presque toute l'année.»

«Он будет отсутствовать в офисе почти весь год».

«Quelles chances a-t-il de défendre sa propre réputation ?»

«Какие у него шансы защитить свою репутацию?»

«Il n'a même pas connaissance des accusations.»

«Ему даже не доводится до сведения выдвинутых обвинений».

«Il découvre ce qui a été dit lorsqu'il est trop tard.»

«Он узнает о сказанном, когда уже слишком поздно».

« À ce stade, il est épuisé par le voyage de la journée. »

«К этому моменту он уже совершенно измотан дневным путешествием».

« Il devra de toute façon en subir les terribles conséquences. »

«Ему всё равно придётся столкнуться с ужасными последствиями».

« Même s'il n'a aucun moyen de comprendre le problème. »

«Даже несмотря на то, что он никак не может понять проблему».

« Oh, manager, ne partez pas sans me dire un mot. »

«О, менеджер, не уходите, не сказав мне ни слова».

«Dites-moi au moins que vous êtes d'accord avec moi en partie.»

«Хотя бы скажите, что вы хотя бы частично со мной согласны».

Mais le directeur s'était détourné de Gregor bien plus tôt.

Но менеджер отвернулся от Грегора гораздо раньше.

Son épaule tressaillit lorsqu'il se retourna vers Gregor.

Когда он снова посмотрел на Грегора, его плечо дернулось.

Et il n'est pas resté immobile une seule fois pendant tout son discours.

И он ни разу не остановился на месте во время своей речи.

Il se retournait vers Gregor, les lèvres pincées.

Он смотрел на Грегора, поджав губы.

Il reculait progressivement vers la porte.

Он постепенно отступал к двери.

Mais il ne pouvait pas non plus détacher son regard de Gregor.

Но он не мог оторвать глаз и от Грегора.

Il avait l'impression qu'il lui était secrètement interdit de quitter la pièce.

Ему казалось, что существует негласный запрет на выход из комнаты.

Mais à ce stade, il se trouvait déjà dans le hall d'entrée.

Но к этому моменту он уже был в вестибюле.

Et soudain, il fit un mouvement vers la sortie.

И тут он резко двинулся к выходу.

Il tendit la main droite vers les escaliers.

Он протянул правую руку к лестнице.

Peut-être qu'une force surnaturelle attendait pour le sauver.

Возможно, его ждала сверхъестественная сила, готовая его спасти.

Gregor savait qu'il ne pouvait pas le laisser partir comme ça.

Грегор понимал, что не может позволить ему уйти вот так просто.

Le manager ne doit pas revenir dans le même état d'esprit qu'avant.

Менеджер не должен возвращаться в том же настроении, в котором был.

La sécurité de l'emploi de Gregor était fortement menacée.

Сохранность работы Грегора была под серьезной угрозой.

Les parents ne comprenaient pas tout cela.

Родители не могли до конца понять всё это.

Au fil des ans, ils s'étaient habitués à sa sécurité d'emploi.

С годами они привыкли к тому, что у него стабильная работа.

Et ils étaient convaincus qu'il avait ce poste à vie.

И они убедились, что он получит эту работу на всю жизнь.

Au lieu de cela, ils s'étaient préoccupés d'autres soucis.

Вместо этого они были заняты другими заботами.

Mais ces préoccupations leur ont fait perdre toute prévoyance.

Но эти опасения привели к тому, что они утратили всякую дальновидность.

Gregor, cependant, n'avait pas perdu la clairvoyance de ses parents.

Однако Грегор не утратил родительской дальновидности.

Il a fallu que quelqu'un arrête le représentant autorisé.

Кто-то должен был остановить уполномоченного представителя.

Il allait devoir le calmer et le convaincre.

Ему предстояло успокоить его и убедить.

L'avenir de Gregor et de sa famille en dépendait !

От этого зависело будущее Грегора и его семьи!

Si seulement sa sœur intelligente avait été là pour l'aider.

Если бы только умная сестра была здесь, чтобы помочь.

Elle avait déjà pleuré alors que Gregor était encore dans sa chambre.

Она уже плакала, когда Грегор ещё был в своей комнате.

À ce moment-là, il était simplement allongé tranquillement sur le dos.

В тот момент он просто спокойно лежал на спине.

Elle connaissait déjà l'importance de la situation à ce moment-là.

Она уже тогда понимала всю важность ситуации.

Le directeur était connu pour avoir un faible pour les femmes.

Менеджер, как известно, питал слабость к женщинам.

Elle aurait facilement pu le persuader de rester plus longtemps.

Она легко могла бы уговорить его остаться подольше.

Elle aurait fermé la porte et l'aurait fait rentrer.

Она бы закрыла дверь и проводила его обратно.

Mais malheureusement, sa sœur était partie chercher un médecin.

Но, к сожалению, сестра уже пошла за врачом.

Gregor n'avait donc pas d'autre choix que de le faire lui-même.

Поэтому у Грегора не оставалось иного выбора, кроме как сделать это самому.

Il n'avait pas réfléchi à quelles étaient réellement ses capacités.

Он не задумывался о том, каковы его реальные способности.

Et il avait oublié de se méfier de sa capacité à parler.

И он забыл, что не доверяет своей способности говорить.

Mais il a néanmoins quitté la sécurité de sa chambre.

Но, несмотря ни на что, он покинул безопасное пространство своей комнаты.

Et il se faufila par l'ouverture de la pièce.

И он протиснулся сквозь проём комнаты.

Le directeur était déjà en train de descendre les escaliers.

Менеджер уже спускался по лестнице.

Mais il s'accrochait à la rambarde à deux mains.

Но он держался за перила обеими руками.

Gregor tomba en se poussant à travers la porte.

Грегор упал, когда проталкивался сквозь дверь.

Il laissa échapper un petit cri en cherchant un appui.

Он тихо вскрикнул, пытаясь ухватиться за опору.

Mais au lieu de paniquer, il a ressenti un bien-être physique.

Но вместо паники он почувствовал физическое благополучие.

Pour la première fois ce matin-là, quelque chose semblait juste.

Впервые за это утро я почувствовал, что что-то правильно.

Il avait désormais toutes les jambes bien ancrées au sol.

Теперь все его ноги твердо стояли на земле.

Il était surpris de constater à quel point il contrôlait bien ses jambes.

Он был удивлен, насколько хорошо ему удавалось контролировать свои ноги.

Il était heureux de constater que ses jambes lui obéissaient parfaitement.

Он с радостью заметил, что его ноги полностью его слушались.

En réalité, ses jambes le portaient partout où il le voulait.

Фактически, его ноги сами доставляли его туда, куда он хотел.

Bientôt, tous ses chagrins allaient prendre fin.

Вскоре все его печали должны были закончиться.

Mais au même moment, sa propre mère se leva d'un bond.

Но в тот же самый момент вскочила его собственная мать.

Ses bras étaient tendus et ses doigts écartés.

Ее руки были вытянуты, а пальцы растопырены.

Et elle s'est écriée : « Au secours ! Au nom de Dieu, que quelqu'un m'aide ! »

И она закричала: «Помогите, ради Бога, кто-нибудь, помогите!»

Elle inclina la tête ; elle voulait mieux voir Gregor.

Она наклонила голову, желая лучше рассмотреть Грегора.

Mais contrairement à sa première action, elle est revenue en courant.

Но, в отличие от первого действия, она побежала обратно.

Elle avait oublié que la table était mise derrière elle.

Она забыла, что стол был накрыт позади неё.

Tout ce qui était prévu pour le petit-déjeuner était encore sur la table.

Все продукты для завтрака по-прежнему стояли на столе.

Elle s'assit précipitamment sur la table, comme distraite.

Она поспешно села на стол, словно отвлекшись.

Et elle n'a pas semblé remarquer le café renversé.

И она, похоже, не заметила пролитого кофе.

Le café était maintenant en train d'imbiber la moquette.

Кофе, который теперь впитывался в ковер.

« Maman, maman », dit doucement Gregor en levant les yeux vers elle.

«Мама, мама», — тихо сказал Грегор, глядя на неё.

Pour le moment, le manager ne lui importait pas.

В тот момент менеджер для него не имел значения.

Mais il y avait aussi le café qui coulait sur la moquette.

Но кроме того, кофе капал на ковер.

Gregor n'a pas pu s'empêcher de claquer des dents devant le café.

Грегор не смог удержаться и щёлкнул челюстями, глядя на кофе.

La mère se remit à pleurer à cause de son comportement.

Мать снова начала плакать из-за его поведения.

Elle a sauté de la table pour prendre ses distances avec lui.

Она спрыгнула со стола, чтобы отдалиться от него.

Et elle s'est réfugiée dans les bras de son père.

И она бросилась в объятия отца, ища спасения.

Mais Gregor n'avait plus de temps à consacrer à ses parents.

Но у Грегора сейчас не было времени на родителей.

L'agent habilité se trouvait déjà dans l'escalier.

Уполномоченный сотрудник уже находился на лестнице.

Il avait le menton appuyé sur la rambarde, pour regarder à l'intérieur de la maison.

Он подпер подбородок перилами, чтобы заглянуть в дом.

Apparemment, il voulait jeter un dernier coup d'œil au spectacle.

По всей видимости, он хотел в последний раз взглянуть на это зрелище.

Et Gregor fit un dernier effort pour joindre le directeur.

И Грегор предпринял последнюю попытку связаться с менеджером.

Il courut vers la porte aussi prudemment qu'il le put.

Он побежал к двери, стараясь как можно обезопасить себя.

Mais le chef de bureau devait se douter de quelque chose.

Но главный клерк наверняка что-то подозревал.

Parce qu'il a descendu quelques marches et a disparu.

Потому что он спрыгнул с нескольких ступенек и исчез.

« Hein ! » s'écria Gregor, sa voix résonnant dans la cage d'escalier.

«Ага!» — крикнул Грегор, и его голос эхом разнесся по лестничной клетке.

La fuite du manager sembla également déconcerter son père.

Побег менеджера, похоже, также смутил его отца.

Jusque-là, il était parvenu à garder son calme.

До этого момента ему удавалось сохранять довольно спокойное поведение.

Mais malheureusement, lui aussi a perdu le sang-froid qu'il avait eu.

Но, к сожалению, и он потерял прежнее самообладание.

Il aurait dû aider Gregor dans sa quête.

Ему следовало помочь Грегору в его преследовании.

Mais, d'une main, il saisit la canne du directeur.

Но при этом он схватил трость менеджера одной рукой.

Et dans l'autre main, il tenait maintenant un journal.

А в другой руке он держал газету.

Et il entravait désormais directement Gregor dans sa poursuite.

И теперь он напрямую препятствовал Грегору в его преследовании.

Il s'était placé entre Gregor et la rue.

Он встал между Грегором и улицей.

Il tapa du pied et agita le bâton et le journal.

Он топнул ногой, помахал палкой и газетой.

Et il forçait activement Gregor à retourner dans sa chambre.

И он активно пытался силой заставить Грегора вернуться в свою комнату.

Aucune des demandes formulées par Gregor n'a été utile.

Ни одна из просьб Грегора не помогла.

Parce qu'aucune de ses demandes n'a été comprise.

Потому что ни одна из его просьб не была понята.

Il tourna la tête vers un angle plus profond et plus humble.

Он повернул голову, приняв более смиренный, более глубокий оборот.

Mais son père répondit en tapant du pied encore plus fort.

Но отец в ответ ещё сильнее топнул ногой.

La mère ouvrit une fenêtre, malgré la fraîcheur ambiante.

Несмотря на прохладную погоду, мать открыла окно.

Et elle enfouit son visage dans ses mains froides.

И она уткнулась лицом в ладони от холода.

Le vent pouvait désormais traverser tout l'appartement.

Теперь ветер мог свободно распространяться по всей квартире.

Un fort courant d'air soufflait de l'escalier vers la ruelle.

Сильный сквозняк дул от лестницы в переулок.

Les rideaux claquaient sous l'effet du vent violent.

Сильный ветер развевал занавески.

Et le journal posé sur la table bruissait dans le vent.

А газета на столе шелестела на ветру.

Même des feuilles ont été soufflées à l'intérieur de la maison depuis l'extérieur.

В дом даже залетели листья с улицы.

Le père tapa du pied et poussa sans relâche.

Отец топнул ногой и неустанно толкался.

Et il sifflait et émettait des bruits comme un homme sauvage.

И он шипел и издавал звуки, похожие на звуки дикого человека.

Mais Gregor ne s'était pas encore entraîné à marcher à reculons.

Но Грегор еще не тренировался ходить спиной вперед.

Même Gregor admettrait que ce mouvement était beaucoup plus lent.

Даже Грегор признал бы, что это движение было гораздо медленнее.

Tout ce qu'il souhaitait, c'était avoir la possibilité de faire demi-tour.

Однако все, чего он хотел, — это возможность развернуться.

Il serait alors allé directement dans sa chambre.

Тогда он бы сразу же отправился в свою комнату.

Mais il avait trop peur d'impatienter son père.

Но он слишком боялся разозлить отца.

Et il y avait la menace d'un coup de bâton.

И существовала угроза удара палкой.

Un tel coup à l'arrière de la tête pourrait être fatal.

Такой удар по затылку может быть смертельным.

Mais finalement, Gregor n'avait pas d'autre choix.

Но в конце концов у Грегора не осталось другого выбора.

Il s'est rendu compte qu'il ne pouvait même plus marcher droit à reculons.

Он понял, что даже не может идти прямо назад.

Il commença à se retourner aussi vite qu'il le put.

Он начал разворачиваться так быстро, как только мог.

Mais en réalité, ce mouvement de rotation était tout aussi lent.

Но в действительности это вращательное движение было таким же медленным.

Et il fut suivi des regards anxieux du père.

И за ним последовали тревожные взгляды отца.

Peut-être le père avait-il remarqué les bonnes intentions de Gregor.

Возможно, отец заметил благие намерения Грегора.

Parce qu'il ne l'a pas empêché de se retourner.

Потому что он не помешал ему повернуться.

Il a même utilisé le bout de son bâton pour guider la rotation.

Он даже использовал кончик своей палки, чтобы направлять вращение.

Mais Gregor aurait préféré que son père ne lui ait pas sifflé dessus !

Но Грегор всё ещё сожалел, что отец прошипел на него!

Le sifflement ne fit qu'ajouter à la confusion du moment.

Шипение лишь усилило возникшее в тот момент замешательство.

Puis il a commis une erreur et a tourné dans la mauvaise direction.

А потом он ошибся и свернул не в ту сторону.

Finalement, il a réussi à se tourner dans la bonne direction.

В конце концов ему все же удалось выбрать правильную сторону.

Et il était satisfait des progrès qu'il avait accomplis.

И он был доволен достигнутыми успехами.

Mais un autre problème est alors devenu encore plus évident.

Но затем следующая проблема стала еще более очевидной.

Son corps était trop large pour passer facilement la porte.

Его тело было слишком широким, чтобы он мог легко пройти в дверной проем.

Dans son état actuel, le père ne s'en est pas aperçu.

В своем нынешнем состоянии отец этого не заметил.

Il ne lui vint donc pas à l'esprit d'ouvrir davantage la porte.

Поэтому ему и в голову не пришло открыть дверь дальше.

Il y aurait alors eu suffisamment de place pour Gregor.

Тогда места хватило бы и для Грегора.

Sa seule priorité était de faire entrer Gregor dans sa chambre.

Его единственной задачей было затащить Грегора в свою комнату.

Il aurait dû se lever pour passer la porte.

Ему пришлось бы встать в полный рост, чтобы пройти в дверь.

Mais le père n'aurait pas permis une telle manœuvre.

Но отец не позволил бы такого маневра.

En fait, il le sifflait encore plus sauvagement qu'avant.

На самом деле он шипел на него еще яростнее, чем прежде.

On aurait dit qu'il y avait plus d'un homme qui lui sifflait dessus.

По звуку казалось, что на него шипел не один, а несколько мужчин.

Ses revendications semblaient revêtir une nouvelle urgence.

Его требования, казалось, обрели новую актуальность.

Il n'y avait vraiment plus de temps à perdre.

Времени на безделье больше не оставалось.

Quoi qu'il arrive, Gregor devait franchir la porte.

Что бы ни случилось, Грегору нужно было пройти через дверь.

Il s'est imposé sans aucun égard pour lui-même.

Он преодолел все трудности, не обращая внимания на собственное мнение.

Un côté de son corps fut projeté vers le haut par le mouvement.

Одна сторона его тела была вынуждена подняться вверх под действием движения.

Et il était allongé de travers, maladroitement, dans l'embrasure de la porte.

Он неуклюже и криво лежал между дверями.

Un de ses flancs était à vif à cause du frottement contre le bois.

Один из его боков был въеден в кожу и терся о дерево.

Et il avait laissé des taches disgracieuses sur la porte peinte en blanc.

И он оставил отвратительные пятна на белой двери.

Les jambes d'un de ses côtés pendaient en tremblant dans le vide.

Ноги с одной стороны его тела дрожали и свисали в
воздух.

**Ses autres jambes étaient douloureusement enfoncées dans
le sol.**

Остальные ноги болезненно вдавливались в пол.

**Bientôt, il allait se retrouver complètement coincé entre la
porte et le mur.**

Вскоре он окажется зажатым между дверью и стеной.

Et alors, il n'aurait plus pu bouger du tout.

И тогда он вообще не смог бы двигаться.

**Mais le père lui a donné une forte impulsion véritablement
libératrice.**

Но отец дал ему поистине освобождающий толчок.

Et il tomba, ensanglanté, loin dans sa chambre.

И он, истекая кровью, упал далеко в свою комнату.

Le père claqua la porte derrière lui avec sa canne.

Отец захлопнул за собой дверь, ударив по ней палкой.

Et puis, enfin, le calme et la tranquillité revinrent.

И наконец, снова воцарились тишина и покой.

<h3 style="text-align:center">Deuxième partie
Часть вторая</h3>

Gregor ne s'est réveillé que bien plus tard dans la journée.

Грегор проснулся лишь гораздо позже в тот же день.

Le crépuscule était tombé ; il avait dormi profondément, inconsciemment.

Наступили сумерки; он спал крепко и бессознательно.

Il se serait réveillé même sans avoir été dérangé.

Он бы проснулся, даже если бы его не потревожили.

Parce qu'il se sentait suffisamment reposé et avait bien dormi.

Потому что он чувствовал себя достаточно отдохнувшим и хорошо выспавшимся.

Mais il crut entendre quelques pas furtifs à l'extérieur.

Но ему показалось, что он услышал мимолетные шаги снаружи.

Et quelqu'un aurait pu refermer soigneusement la porte d'entrée.

А кто-то мог аккуратно закрыть входную дверь.

La lumière du tramway électrique se projetait faiblement au plafond.

Свет электрического трамвая тускло отражался от потолка.

Le dessus du meuble a également reçu un peu de lumière.

Верхняя часть мебели тоже немного освещалась.

Mais en bas, au niveau de Gregor, il faisait sombre.

Но внизу, на уровне Грегора, было темно.

Ses jambes le poussèrent lentement de nouveau vers la porte.

Его ноги медленно подтолкнули его обратно к двери.

Il était très curieux de voir ce qui s'était passé là-bas.

Ему было очень любопытно узнать, что там произошло.

Mais le contrôle de ses antennes n'était pas encore développé.

Однако контроль над своими усами у него еще не был развит.

Bien qu'il ait commencé à apprécier ces nouveaux capteurs.

Хотя он и начал ценить эти новые датчики.

Une longue et disgracieuse cicatrice semblait lui barrer le flanc gauche.

По его левому боку тянулся длинный, неприятный шрам.

La cicatrice lui donnait l'impression de contracter ce côté de son corps.

Шрам как будто стягивал эту сторону его тела.

Il devait donc littéralement boiter en s'appuyant sur ses deux rangées de pattes.

И поэтому ему приходилось буквально хромать на своих двух рядах ног.

L'une de ses jambes avait été grièvement blessée ce matin-là.

В то утро он получил серьёзную травму одной из ног.

C'était vraiment un miracle qu'il ne se soit pas cassé plus de jambes.

По правде говоря, это было чудо, что он не сломал еще несколько ног.

Et il traîna donc sa jambe blessée, inerte, derrière lui.

И вот он безжизненно волочил за собой раненую ногу.

Lorsqu'il atteignit la porte, il réalisa quelque chose de profond.

Дойдя до двери, он осознал нечто глубокое.

C'était l'odeur de quelque chose qui l'avait attiré là.

Его туда привлёк запах чего-то.

Quelque chose de comestible avait été laissé pour Gregor dans sa chambre.

В комнате Грегора для него оставили что-то съедобное.

Des morceaux de pain blanc flottant dans un bol de lait sucré.

В миске со сладким молоком плавают кусочки белого хлеба.

Il pouvait à peine contenir la joie qui l'habitait.

Он едва сдерживал радость, которая переполняла его.

Il avait encore plus faim maintenant que le matin.

Сейчас он был голоднее, чем утром.

Il plongea aussitôt la tête dans le bol de lait.

Он тут же опустил голову в миску с молоком.

Le lait lui recouvrait presque toute la tête, jusqu'aux yeux.

Молоко вытекло почти по всей его голове, до самых глаз.

Mais il a rapidement retiré sa tête, amèrement déçu.

Но вскоре он отдернул голову, горько разочарованный.

L'alimentation était difficile en raison de la fragilité de son côté gauche.

Приём пищи был затруднен из-за слабости его левой стороны тела.

Et il ne pouvait manger qu'en haletant de tout son corps.

И есть он мог только тяжело дыша всем телом.

Mais ce n'était pas la véritable raison de sa déception.

Но это не было истинной причиной его разочарования.

Le lait avait toujours été l'un de ses plats préférés.

Молоко всегда было одним из его любимых блюд.

Il ne doutait pas que sa sœur s'en souvenait.

Он нисколько не сомневался, что его сестра это помнила.

Et c'est pour cela qu'elle lui avait donné du lait.

Именно поэтому она и дала ему молока.

Il n'a pas su expliquer pourquoi il n'aimait plus le lait.

Он не смог объяснить, почему ему теперь не нравится молоко.

Et il se détourna du bol presque à contrecœur.

И он отвернулся от чаши почти с неохотой.

Déçu, il retourna en rampant au milieu de la pièce.

Разочарованный, он пополз обратно в середину комнаты.

De là, il pouvait voir à travers la fente de la porte.

Здесь он мог видеть сквозь щель в двери.

Il pouvait voir que le feu était allumé dans le salon.

Он видел, что в гостиной разгорелся камин.

Habituellement, à cette heure-ci, le père lisait le journal.

Обычно в это время отец читал газету.

Il avait toujours l'habitude de lire à sa mère à voix haute.

Он всегда читал матери повышенным голосом.

Parfois, la sœur écoutait aussi les conversations du père.

Иногда сестра тоже подслушивала разговоры отца.

Elle avait toujours parlé à Gregor de ces lectures à voix haute.

Она всегда рассказывала Грегору об этом чтении вслух.

Mais aujourd'hui, aucun son ne provenait de la pièce.

Но сегодня из комнаты не доносилось ни звука.

Peut-être cette habitude s'était-elle déjà perdue.

Возможно, эта привычка уже давно утрачена.

Un silence profond s'était installé dans tout l'appartement.

В квартире воцарилась глубокая тишина.

Bien qu'il sût que l'appartement n'était certainement pas vide.

Хотя он и знал, что квартира точно не пустует.

« Quelle vie tranquille mène cette famille », pensa Gregor.

«Какую спокойную жизнь ведёт эта семья», — подумал Грегор.

Et il fixa l'obscurité avec une grande fierté.

И он с огромной гордостью смотрел в темноту.

Il était fier de la vie qu'il avait pu leur offrir.

Он гордился той жизнью, которую смог им подарить.

Il était fier du bel appartement qu'ils occupaient.

Он гордился прекрасной квартирой, в которой они жили.

Mais cette paix était-elle sur le point de connaître une fin tragique ?

Но не грозил ли этому миру ужасный конец?

Allait-on leur ravir leur prospérité ?

Неужели у них отнимут процветание?

Leur bonheur était-il désormais incertain pour l'avenir ?

Неужели их счастье теперь будет под вопросом в будущем?

Mais il ne voulait pas se perdre dans de telles pensées.

Но он не хотел погружаться в подобные мысли.

Pour s'occuper, il grimpait et descendait les murs.

Чтобы чем-то себя занять, он ползал вверх и вниз по стенам.

Durant cette longue soirée, une porte était entrouverte.

В течение долгого вечера одна дверь была слегка приоткрыта.

Et à un autre moment, l'autre porte s'ouvrit légèrement.

А в другой раз другая дверь приоткрылась.

Mais à chaque fois, les portes se sont refermées aussitôt.

Но оба раза двери тут же закрывались.

De toute évidence, quelqu'un à l'extérieur souhaitait entrer.

Очевидно, кто-то посторонний хотел проникнуть внутрь.

Mais ils avaient aussi trop d'inquiétudes à l'idée de venir.

Но у них также было слишком много опасений по поводу приезда.

Gregor s'arrêta alors net devant la porte du salon.

Грегор остановился прямо у двери гостиной.

Il était déterminé à trouver un moyen de tenter le visiteur hésitant.

Он был полон решимости каким-то образом соблазнить колеблющегося посетителя.

Il voulait aussi savoir qui était le visiteur.

А ещё он хотел узнать, кто был этот посетитель.

Mais ce soir-là, la porte ne fut pas ouverte une troisième fois.

Но в тот вечер дверь так и не открыли в третий раз.

Et Gregor passa son temps à attendre en vain près de la porte.

И Григорий тщетно ждал у двери.

Plus tôt dans la journée, ils avaient tous voulu entrer dans la pièce.

Ранее в тот день все они хотели войти в комнату.

Maintenant que les portes étaient déverrouillées, ce serait plus facile pour eux.

Теперь, когда двери были открыты, им будет легче.

Mais ils ont choisi de rester de l'autre côté de la pièce.

Но они предпочли остаться в другой части комнаты.

Gregor remarqua que les clés n'étaient plus dans leurs serrures.

Грегор заметил, что ключей больше нет в замках.

Quelqu'un a dû déplacer les clés vers la serrure extérieure.

Кто-то, должно быть, переставил ключи от наружного замка.

Ce n'est que tard dans la nuit que la lumière du salon était éteinte.

Свет в гостиной выключали только поздно ночью.

La famille a dû rester éveillée tout ce temps.

Семья, должно быть, не спала всё это время.

Et Gregor pouvait clairement les entendre s'éloigner sur la pointe des pieds.

И Грегор ясно слышал, как они тихонько удалялись.

Désormais, personne n'allait venir voir Gregor avant le lendemain matin.

Теперь до утра к Грегору никто не придет.

Il eut donc tout le temps d'être seul, de réfléchir en toute tranquillité.

Таким образом, у него появилось много свободного времени, чтобы спокойно поразмышлять.

Quelle serait la meilleure façon de réorganiser sa vie maintenant ?

Как лучше всего перестроить его жизнь сейчас?

Mais les hauts murs de la pièce vide l'effrayaient.

Но высокие стены пустой комнаты напугали его.

Il n'avait pas d'autre choix que de s'allonger à plat ventre sur le sol.

У него не оставалось другого выбора, кроме как лечь на землю.

Et il n'a jamais trouvé la cause de sa peur dans cet espace.

И причину своего страха он так и не нашел в этом месте.

C'était la même pièce où il avait vécu pendant cinq ans.

Это была та же самая комната, в которой он жил последние пять лет.

Semi-consciemment, il fit un mouvement vers le canapé.

В полусознательном состоянии он двинулся к дивану.

Et sans aucune honte, il se cacha sous le canapé.

И, ничуть не стесняясь, он спрятался под диваном.

Là-bas, il se sentit immédiatement de nouveau très à l'aise.

Там, внизу, он сразу же снова почувствовал себя очень комфортно.

Bien que son dos soit un peu comprimé.

Несмотря на то, что его спина была немного прижата.

Il ne pouvait plus non plus lever la tête sous le canapé.

Он больше не мог поднять голову и из-под дивана.

Mais même cela, il préférait éviter de se trouver dans un espace ouvert.

Но даже это он предпочитал находиться на открытой местности.

Il regrettait toutefois que son corps soit si large.

Однако он сожалел о своей полноте.

Le canapé ne pouvait pas recouvrir entièrement son corps.

Диван не мог полностью закрыть всё его тело.

Il est resté sous le canapé toute la nuit.

Он просидел под диваном всю ночь.

Il passa la nuit à moitié endormi, troublé par sa faim.

Всю ночь он провел в полусне, мучимый голодом.

Et le temps qu'il passait éveillé, il le consacrait soit à s'inquiéter, soit à espérer.

А время, проведенное в бодрствующем состоянии, он либо беспокоился, либо надеялся.

Mais tous ses vagues espoirs menaient à la même conclusion.

Но все его смутные надежды привели к одному и тому же выводу.

Il n'avait d'autre choix que de rester silencieux pour le moment.

Ему ничего не оставалось, кроме как на время замолчать.

Il devait faire preuve de patience et de considération envers la famille.

Ему пришлось проявить терпение и понимание по отношению к семье.

C'était le seul moyen de rendre ce désagrément supportable.

Это был единственный способ сделать неудобства терпимыми.

Le désagrément qu'il imposait désormais à la famille.

Какие неудобства он теперь причинял семье.

Il n'a pas eu à attendre longtemps pour prouver sa compassion.

Ему не пришлось долго ждать, чтобы доказать свою сострадательность.

Tôt le matin, sa sœur jeta un coup d'œil dans sa chambre.

Рано утром сестра заглянула в его комнату.

En réalité, c'était autant la nuit que le matin.

Хотя на самом деле это была скорее ночь, чем утро.

Elle était entièrement habillée et semblait éprouver de l'excitation.

Она была полностью одета и, казалось, проявляла волнение.

La solidité de sa décision nouvellement prise pourrait être mise à l'épreuve.

Прочность его нового решения может быть проверена.

Elle ne l'a pas immédiatement repéré au premier coup d'œil.

Она не сразу нашла его с первого взгляда.

Il devait forcément être quelque part ; il n'aurait pas pu s'envoler.

Он должен был быть где-то; он не мог улететь.

Puis son regard parcourut une seconde fois la pièce.

Но затем ее взгляд снова скользнул по комнате.

Et cette fois, elle a aperçu son torse sous le canapé.

И на этот раз она заметила его торс под диваном.

Elle était si effrayée qu'elle a perdu tout contrôle d'elle-même.

Она так испугалась, что полностью потеряла самообладание.

Et sa première réaction fut de claquer la porte à nouveau.

И первой ее реакцией было снова захлопнуть дверь.

Mais elle a aussi semblé immédiatement regretter son comportement.

Но, похоже, она тут же пожалела о своем поведении.

Aussitôt qu'elle eut claqué la porte, elle la rouvrit.

Как только она захлопнула дверь, она тут же открыла её снова.

Et cette fois, elle entra dans la pièce sur la pointe des pieds.

И на этот раз она тихонько, на цыпочках, вошла в комнату.

Elle se déplaçait comme si elle rendait visite à une personne gravement malade.

Она двигалась так, словно навещала тяжелобольного человека.

Ou bien elle rendait visite à un parfait inconnu.

Или же она могла навестить совершенно незнакомого человека.

Gregor poussa sa tête presque jusqu'au bord du canapé.

Грегор почти до самого края дивана уткнулся головой в него.

Et, caché sous le coffre-fort, il l'observait dans la pièce.

И из-под сейфа он наблюдал за ней в комнате.

Allait-elle remarquer qu'il avait oublié le lait ?

Заметит ли она, что он оставил молоко?

Il n'avait pas laissé le lait par manque de faim.

Он не отходил от молока из-за отсутствия голода.

Allait-elle lui apporter un autre plat ?

Она собиралась принести ему другую еду?

Peut-être un plat qui corresponde mieux à ses goûts.

Возможно, это блюдо лучше соответствовало его предпочтениям.

Mais elle aurait dû remarquer elle-même son appétit.

Но ей пришлось бы самой заметить его аппетит.

Il aurait préféré mourir de faim plutôt que de lui en parler.

Он скорее бы умер от голода, чем дал ей об этом узнать.

En réalité, il aurait beaucoup aimé le lui dire.

На самом деле ему очень хотелось бы ей это рассказать.

Il était vraiment tenté de tirer sur lui depuis sous le canapé.

Ему очень хотелось выскочить из-под дивана.

Il avait envie de se jeter aux pieds de sa sœur.

Ему хотелось броситься к ногам сестры.

Et il voulait lui demander quelque chose de bon à manger.

И он хотел попросить у неё что-нибудь вкусненькое.

Mais la sœur regarda alors le bol de lait.

Но тут сестра посмотрела на миску с молоком.

Elle remarqua aussitôt que le bol était encore plein.

Она сразу заметила, что миска всё ещё полна.

Elle était plutôt surprise que Gregor n'ait rien mangé.

Она была весьма удивлена, что Грегор ничего не ел.

Seul un peu de lait avait été renversé sur le sol.

На пол пролилось лишь немного молока.

Elle a aussitôt ramassé le bol et l'a emporté.

Она тут же схватила миску и вынесла её.

Il vit qu'elle ne ramassait pas le bol à mains nues.

Он увидел, что она не взяла миску голыми руками.

Au lieu de cela, elle ramassa le bol à l'aide d'un des chiffons.

Вместо этого она взяла миску, используя одну из тряпок.

Mais Gregor oublia très vite ce petit détail.

Но Грегор очень быстро забыл об этой незначительной детали.

Il était désormais beaucoup plus enthousiaste à propos d'autre chose.

Теперь его гораздо больше интересовало другое.

Qu'est-ce qu'elle pourrait apporter à la place du lait ?

Чем она могла бы заменить молоко?

Il avait diverses idées sur ce qu'elle pourrait apporter.

У него были разные мысли о том, что она могла бы привнести.

Mais la gentillesse de sa sœur a dépassé ses espérances.

Но доброта его сестры превзошла все его ожидания.

Elle comprit qu'elle devait tester ses nouveaux goûts.

Она поняла, что должна проверить, какие у него новые вкусы.

Elle a donc apporté toute une sélection de plats différents.

Поэтому она принесла целый набор разных продуктов.

Légumes à moitié pourris, os du repas du soir.

Полусгнившие овощи, кости от вечерней трапезы.

De la sauce solidifiée provenant de leur autre repas.

Застывший соус от предыдущего приема пищи.

Quelques raisins secs, des amandes, du pain sec, du pain beurré.

Несколько изюминок, немного миндаля, сухой хлеб, хлеб с маслом.

Du pain beurré et salé.

Немного хлеба, намазанного маслом и посоленного.

Du fromage que Gregor avait déclaré immangeable il y a deux jours.

Сыр, который Грегор два дня назад объявил несъедобным.

Toute cette sélection de nourriture était disposée sur un journal.

Весь этот ассортимент продуктов был выложен на газете.

Elle a également placé un bol d'eau à côté de ses repas.

А еще она поставила рядом с его едой миску с водой.

Elle savait que Gregor n'aurait pas mangé devant elle.

Она знала, что Грегор не стал бы есть при ней.

Par respect pour lui, elle quitta de nouveau la pièce.

Поэтому из уважения к нему она снова вышла из комнаты.

Et elle a même tourné la clé dans la serrure en partant.

И она даже повернула ключ в замке, когда уходила.

Mais elle tourna la clé très doucement et avec précaution.

Но она повернула ключ очень тихо и осторожно.

De cette façon, seul Gregor saurait que la porte était verrouillée.

Таким образом, только Грегор узнает, что дверь заперта.

Il pouvait désormais s'installer aussi confortablement qu'il le souhaitait.

Теперь он мог устроиться поудобнее, чем хотел.

Les jambes de Gregor s'agitaient frénétiquement à l'heure du repas.

Когда пришло время есть, ноги Грегора хрипели.

Il est à noter qu'il ne ressentait plus aucune gêne.

Стоит отметить, что он больше не испытывал никакого дискомфорта.

Ses blessures doivent déjà être complètement guéries.

Его раны, должно быть, уже полностью зажили.

Parce qu'il ne ressentait plus ses anciens handicaps.

Потому что он больше не ощущал своих прежних недостатков.

Sa nouvelle capacité de guérison le surprit et l'émerveilla.

Его новая способность к исцелению удивила и поразила его самого.

Il y a plus d'un mois, il s'est coupé le doigt avec un couteau.

Более месяца назад он порезал палец ножом.

Il y a encore deux jours, cette blessure le faisait souffrir.

Ещё два дня назад эта рана продолжала болеть.

« Suis-je beaucoup moins sensible maintenant ? » pensa-t-il.

«Неужели я стал намного менее чувствительным?» — подумал он про себя.

À ce moment-là, il suçait déjà goulûment le fromage.

К этому моменту он уже жадно посасывал сыр.

Il était plus attiré par le fromage que par les autres aliments.

Его больше привлек сыр, чем другие продукты.

Il mangeait rapidement un morceau de fromage après l'autre.

Он быстро съел один кусочек сыра за другим.

Ses yeux s'embuèrent de satisfaction à la vue de ce goût.

При виде этого вкуса у него на глазах выступили слезы удовлетворения.

Après le fromage, il mangea les légumes et la sauce.

После сыра он съел овощи и соус.

Cependant, les aliments frais ne lui plaisaient pas.

Однако свежие продукты ему не понравились на вкус.

En fait, il ne supportait même pas l'odeur des aliments frais.

На самом деле, он даже запах свежей еды не выносил.

Il a même éloigné les autres aliments des aliments frais.

Он даже оттащил другую еду подальше от свежих продуктов.

Et il a très vite terminé la nourriture la plus comestible.

И очень быстро он съел самую съедобную еду.

Tous ces mets délicieux avaient un effet soporifique sur lui.

Вся эта вкусная еда оказывала на него усыпляющее действие.

Et il s'allongea paresseusement à l'endroit où il avait mangé.

И он лениво лежал на том самом месте, где только что ел.

Finalement, sa sœur est revenue prendre de ses nouvelles.

В конце концов, его сестра вернулась, чтобы снова проведать его.

Elle a eu la prévoyance de tourner la clé très lentement.

Она предусмотрительно повернула ключ очень медленно.

Cela a averti Gregor qu'il devait se retirer.

Это послужило для Грегора предупреждением о
необходимости отступить.

Étourdi et surpris, il se précipita sous le canapé.

Ошеломленный и испуганный, он поспешил обратно под
диван.

Mais rester sous le canapé n'était pas si facile cette fois-ci.

Но в этот раз укрыться под диваном оказалось не так-то
просто.

**Son corps s'était un peu arrondi à cause de toute cette
nourriture.**

От всей этой еды его тело немного округлилось.

Et il devait se retenir pour ne pas s'épuiser à nouveau.

И ему пришлось сдерживаться, чтобы снова не выбежать.

Même si la sœur n'est pas restée longtemps dans la chambre.

Хотя сестра и ненадолго задержалась в комнате.

Il avait du mal à respirer dans cet espace étroit.

Ему было трудно дышать в этом тесном пространстве.

Mais il a surmonté ces petites crises d'étouffement.

Но он преодолел кратковременные приступы удушья.

Les yeux exorbités, il observait les agissements de sa sœur.

Он выпучив глаза, наблюдал за действиями сестры.

La sœur, sans se douter de rien, a tout versé dans un seau.

Ничего не подозревающая сестра вылила всё в ведро.

**Elle s'est non seulement débarrassée de la nourriture que
Gregor n'avait pas mangée, mais elle l'a fait.**

Она не только выбросила еду, которую Грегор не съел.

Mais elle jetait aussi la nourriture qu'il n'avait pas touchée.

Но она также выбросила и ту еду, к которой он не
прикасался.

**Apparemment, cet aliment n'était plus comestible pour
personne.**

По всей видимости, эта еда теперь стала непригодной для
употребления в пищу.

**Elle referma ensuite le seau à nourriture avec un couvercle
en bois.**

Затем она закрыла ведро с едой деревянной крышкой.

Et avec la nourriture, le seau et la serpillière, elle est partie.

И, взяв с собой еду, ведро и швабру, она ушла.

Gregor n'aurait pas pu attendre beaucoup plus longtemps.

Грегор не смог бы ждать дольше.

Dès qu'elle fut partie, il s'échappa de sous le canapé.

Как только она ушла, он вылез из-под дивана.

Il s'étira et souffla de soulagement.

И он вытянулся, тяжело дыша от облегчения.

C'est ainsi que Gregor recevait de la nourriture de temps à autre.

Так Грегор время от времени получал еду.

Sa sœur lui a donné à manger une fois, tôt le matin.

Однажды рано утром сестра принесла ему еду.

À cette heure-ci, les parents et la bonne dormaient encore.

В это время родители и служанка еще спали.

Et il a reçu un deuxième repas après le déjeuner de tout le monde.

И после того, как все пообедали, он получил вторую порцию еды.

Car à ce moment-là, les parents dormaient aussi un peu.

Потому что в это время родители тоже немного поспали.

Et la servante fut envoyée par la sœur faire une course.

А служанку сестра отправила по какому-то поручению.

Ils n'avaient certainement aucune intention de laisser Gregor mourir de faim.

Они, конечно же, не собирались морить Грегора голодом.

Mais ils n'auraient pas voulu le regarder manger non plus.

Но им бы и смотреть, как он ест, они бы не захотели.

Les informations fournies par la sœur étaient suffisantes.

Информации, упомянутой сестрой, было достаточно.

C'était peut-être sa façon d'épargner aux parents leur chagrin.

Возможно, таким образом она хотела избавить родителей от горя.

Ils avaient déjà suffisamment souffert de ses actes.

Они и так достаточно пострадали от его поступков.

Le premier jour s'estompait peu à peu dans les mémoires.

Первый день постепенно становился далёким воспоминанием.

Gregor n'avait aucun moyen de savoir ce qui s'était passé ce jour-là.

Грегор никак не мог знать, что произошло в тот день.

Comment le serrurier a-t-il été conduit hors de l'appartement ?

Как слесаря вывели из квартиры?

Quelles excuses ont finalement satisfait le médecin ?

Какими же оправданиями врач в конце концов остался доволен?

Il n'avait trouvé aucun moyen de se faire comprendre.

Он так и не смог объясниться.

Il n'a même pas réussi à communiquer avec sa sœur.

Ему даже не удалось связаться со своей сестрой.

Ils en conclurent donc qu'il ne pouvait pas les comprendre.

И поэтому они думали, что он их не понимает.

C'est pourquoi aucun effort ne fut fait pour lui parler.

Поэтому никаких попыток поговорить с ним предпринято не было.

Sa sœur venait dans sa chambre tous les matins et à midi.

Каждое утро и в обед к нему в комнату приходила его сестра.

Mais il devait se contenter d'entendre ses soupirs.

Но ему оставалось лишь довольствоваться ее вздохами.

Plus tard, elle s'est un peu plus habituée à la forme de Gregor.

Позже она немного привыкла к облику Грегора.

Et elle se sentait un peu plus libre de faire davantage de remarques.

И она почувствовала себя немного свободнее, чтобы высказывать больше замечаний.

(Même si elle ne s'y habituerait jamais complètement.)

(Хотя она так и не смогла полностью к нему привыкнуть.)

Et puis Gregor eut de nouveau l'impression qu'on lui parlait un peu plus.

И тогда Грегор почувствовал, что к нему снова кто-то обращается.

Et il a perçu ce qu'il considérait comme des commentaires amicaux.

И он услышал то, что воспринял как дружелюбные комментарии.

"Il a apprécié son repas aujourd'hui", ou "il a tout mangé".

«Сегодня ему очень понравилась еда» или «он съел всё».

Mais cela n'arrivait que lorsqu'il avait fini de manger.

Но это произошло только после того, как он съел всю свою еду.

Mais récemment, cela devenait de plus en plus rare.

Но в последнее время это стало происходить все реже и реже.

« Il touchait à peine à sa nourriture », disait-elle plus souvent maintenant.

«Он почти не притрагивался к еде», — стала она говорить все чаще.

Et il y avait une pointe de tristesse dans sa voix à chaque fois.

И каждый раз в её голосе звучала нотка грусти.

Gregor ne pouvait entendre aucune autre nouvelle plus directement.

Грегор не мог услышать никаких других новостей более непосредственно.

Mais il a entendu beaucoup de choses se dire dans les pièces voisines.

Но из соседних комнат он услышал много новостей.

Lorsqu'il a entendu des voix, il a couru vers la porte correspondante.

Услышав голоса, он побежал к соответствующей двери.

Et il a plaqué tout son corps contre la porte pour entendre.

И он прижался всем телом к двери, чтобы услышать.

Toutes les conversations le concernaient d'une manière ou d'une autre.

Все разговоры так или иначе касались его.

Même lorsque le sujet semblait porter sur autre chose.

Даже когда тема, казалось бы, касалась чего-то другого.

Cette observation était particulièrement vraie au début.

Это наблюдение было особенно справедливо в первые дни.

À chaque repas, ils répétaient la même discussion.

Во время каждого приема пищи они повторяли одну и ту же дискуссию.

Ils ne savaient toujours pas comment se comporter en sa présence.

Они всё ещё не знали, как вести себя с ним.

Mais le même sujet a également été abordé entre les repas.

Но эта же тема обсуждалась и в перерывах между приемами пищи.

Parce qu'il y avait toujours deux membres de la famille à la maison.

Потому что дома всегда находились два члена семьи.

Personne ne voulait rester seul à la maison.

Никто не хотел оставаться в доме один.

Mais laisser l'appartement vide était également hors de question.

Но оставлять квартиру пустой тоже было исключено.

La femme de ménage était la seule à ne pas être attachée à l'appartement.

Горничная была единственной, кто не был привязан к квартире.

Elle avait déjà demandé à partir dès le premier jour.

Она попросила об отъезде еще в первый же день.

Elle s'est agenouillée et a supplié qu'on la renvoie.

Она опустилась на колени и умоляюще попросила отпустить её.

La famille ignorait l'étendue des connaissances de la bonne.

Семья не знала, насколько хорошо горничная была осведомлена на самом деле.

À ce stade, elle n'en avait pas vu plus que quiconque.

На тот момент она видела не больше, чем кто-либо другой.

Ce qui s'était passé restait un mystère pour la famille.

Что именно произошло, для семьи оставалось загадкой.

Mais un quart d'heure plus tard, elle fit ses adieux.

Но спустя четверть часа она попрощалась.

Et elle a remercié la famille, les larmes aux yeux.

И она со слезами на глазах поблагодарила семью.

Mais en réalité, elle les remerciait de l'avoir libérée.

Но на самом деле она поблагодарила их за то, что они её отпустили.

Ils semblaient lui avoir témoigné la plus grande bienveillance.

Похоже, они проявили к ней величайшую доброту.

Elle a même prêté serment, sans qu'on le lui demande.

Она даже дала клятву, не будучи об этом попрошена.

Elle a dit qu'elle ne dirait à personne ce qui s'était passé.

Она сказала, что никому не расскажет о случившемся.

Désormais, la sœur devait cuisiner avec sa mère.

Теперь сестре приходилось готовить вместе с матерью.

Mais ce n'était pas vraiment un inconvénient majeur.

Но это не доставляло особых неудобств.

Parce que de toute façon, ils n'avaient presque rien mangé tous les deux.

Потому что они оба и так почти ничего не ели.

Gregor surprenait sans cesse la même conversation.

Грегор снова и снова подслушивал один и тот же разговор.

L'un disait à l'autre qu'il devait manger davantage.

Один человек говорил другому, что ему нужно больше есть.

Mais cette personne n'a reçu aucune réponse de son interlocuteur.

Но этот человек не получил ответа от другого человека.

« Merci, j'en ai assez », ou quelque chose de similaire.

«Спасибо, мне и так достаточно», или что-то подобное.

Peut-être qu'eux non plus ne buvaient plus rien.

Возможно, они тоже перестали что-либо пить.

Sa sœur demandait souvent à son père s'il voulait de la bière.

Сестра часто спрашивала отца, не хочет ли он пива.

Et elle a proposé chaleureusement d'aller chercher la bière elle-même.

И она любезно предложила сама принести пиво.

Le père gardait toujours le silence à sa demande.

Отец всегда хранил молчание по ее просьбе.

La sœur devait donc trouver un moyen de dissiper tout doute.

Поэтому сестре нужно было найти способ развеять любые сомнения.

Et elle a dit qu'elle enverrait la bonne chercher de la bière.

И она сказала, что пошлет горничную за пивом.

Mais finalement, le père a dit un grand « non » retentissant.

Но затем отец наконец решительно и недвусмысленно сказал: «Нет».

Puis, on n'a plus évoqué le fait qu'il boive une bière.

Затем тема о том, что он пил пиво, больше не поднималась.

Il avait déjà expliqué la situation financière auparavant.

Он уже объяснял финансовую ситуацию ранее.

En fait, il a évoqué les finances dès le premier jour.

Фактически, он упомянул финансы в самый первый день.

Il leur a bien fait comprendre quelles étaient les perspectives.

Он дал им четкое представление о перспективах.

Sa propre entreprise avait fait faillite il y a environ cinq ans.

Его собственный бизнес обанкротился около пяти лет назад.

De temps en temps, il se levait pour quitter la table.

Время от времени он вставал, чтобы покинуть стол.

Et il se dirigea vers la caisse de son ancien commerce.

И он подошёл к кассе своего старого магазина.

Il avait conservé la caisse enregistreuse par sentimentalisme.

Он сохранил кассовый аппарат из сентиментальных соображений.

Gregor l'entendit déverrouiller une serrure lourde et complexe.

Грегор услышал, как он отпирает тяжелый и сложный
замок.
Et il sortit des reçus et des livres de comptes de la caisse.
И он достал из кассы квитанции и книги.
Après avoir pris les objets, il a refermé la caisse à clé.
Взяв предметы, он снова запер кассу.
**Gregor n'avait entendu aucune bonne nouvelle depuis son
emprisonnement.**
С момента заключения под стражу Грегор не слышал
никаких хороших новостей.
Il pensait que l'entreprise avait ruiné son père.
Он считал, что этот бизнес разорил его отца.
Le père avait certainement donné cette impression à Gregor.
Отец, безусловно, произвел на Грегора именно такое
впечатление.
**Et Gregor ne lui a plus jamais posé de questions sur les
finances.**
И Грегор больше никогда не расспрашивал его о
финансах.
Gregor voulait faire tout son possible pour aider la famille.
Грегор хотел сделать все возможное, чтобы помочь семье.
Il voulait les aider à oublier leurs difficultés financières.
Он хотел помочь им забыть о неудачах в бизнесе.
La faillite qui a engendré un désespoir total.
Банкротство, которое привело к полной безнадежности.
**Il s'est donc mis à travailler avec une passion toute
particulière.**
Поэтому он начал работать с особым, неподдельным
рвением.
**Il était devenu représentant de commerce itinérant presque
du jour au lendemain.**
Он практически в одночасье стал коммивояжером.
Avant cela, il n'avait travaillé que comme commis mal payé.
До этого он работал всего лишь низкооплачиваемым
клерком.
**Il avait désormais des opportunités de gains complètement
différentes.**

Теперь у него появились совершенно другие возможности заработка.

Les ventes réussies pouvaient être immédiatement converties en liquidités.

Успешные продажи могли быть немедленно конвертированы в наличные деньги.

L'argent étant bien sûr versé sur ses commissions.

Разумеется, деньги выплачиваются из его комиссионных.

Désormais, Gregor pouvait mettre de l'argent sur la table familiale.

Теперь Грегор смог обеспечить семью деньгами.

Et ils étaient étonnés et ravis de ses gains.

И они были поражены и обрадованы его заработком.

Mais ces beaux moments ne se reproduiront plus.

Но эти прекрасные времена больше никогда не повторятся.

Ils commençaient tout juste à s'habituer à cette période faste.

Они только-только привыкли к этим прекрасным временам.

À chaque paie, la famille acceptait l'argent avec gratitude.

В день каждой зарплаты семья с благодарностью принимала деньги.

Et Gregor était tout aussi heureux de remettre l'argent.

И Грегор с таким же удовольствием отдал деньги.

Mais la chaleureuse affection qu'elle suscitait en retour s'est peu à peu éteinte.

Но тёплая привязанность, проявленная в ответ, постепенно угасла.

Seule sa sœur restait aussi proche de Gregor qu'auparavant.

Лишь его сестра осталась так же близка к Грегору, как и прежде.

Elle, contrairement à Gregor, avait une profonde appréciation pour la musique.

В отличие от Грегора, она глубоко ценила музыку.

Et elle savait jouer du violon d'une manière très touchante.

И она умела играть на скрипке очень трогательно.

Gregor avait secrètement prévu de l'envoyer dans une école de musique.

Грегор тайно планировал отправить её в музыкальную школу.

Il n'avait pas encore décidé comment il réglerait les dépenses.

Он еще не решил, как будет оплачивать расходы.

Mais d'une manière ou d'une autre, il couvrirait les frais.

Но так или иначе он покроет расходы.

De temps en temps, Gregor et sa famille partaient en courts séjours.

Иногда Грегор и его семья совершали короткие поездки.

Gregor et sa sœur abordaient souvent ce sujet.

Грегор и его сестра часто поднимали эту тему.

Mais cela n'a jamais été évoqué que comme une idée merveilleuse.

Но об этом упоминалось лишь как о замечательной идее.

Ils ne croyaient pas vraiment que ce rêve puisse se réaliser.

Они не очень-то верили, что эта мечта может осуществиться.

Et les parents n'appréciaient pas de telles ambitions fantaisistes.

А родителям такие нелепые амбиции не нравились.

Même lorsque le sujet a été abordé de manière tout à fait innocente.

Даже когда эта тема поднималась совершенно невинно.

Mais Gregor continuait de penser à l'école de musique.

Но Грегор продолжал думать о музыкальной школе.

Et il prévoyait d'annoncer le cadeau la veille de Noël.

И он планировал объявить о подарке в канун Рождества.

Bien sûr, dans son état actuel, ce serait impossible.

Конечно, в его нынешнем состоянии это было бы невозможно.

Mais ce genre de pensées lui traversait l'esprit.

Но подобные мысли проносились у него в голове.

Et telles étaient les pensées qui lui traversaient l'esprit en écoutant sa famille.

И такие мысли посещали его, когда он слушал рассказы семьи.

Parfois, il était trop fatigué pour continuer à les écouter.

Порой он так уставал, что не мог продолжать их слушать.

Sa tête s'est affaissée contre la porte, rongée par la fatigue.

От усталости он ударился головой о дверь.

Mais il appuya aussitôt de nouveau sa tête contre la porte.

Но он тут же снова прислонил голову к двери.

Car même le moindre bruit s'entendait à l'extérieur.

Потому что даже малейший шум был слышен снаружи.

Et le moindre bruit qu'il faisait plongeait la famille dans le silence.

Любой шум, который он издавал, заставлял семью замолчать.

« Que fait-il maintenant ? » demanda le père à sa famille.

«Что он сейчас делает?» — спросил отец у семьи.

Il alla à la porte pour vérifier d'où venait le bruit.

И он подошел к двери, чтобы проверить, что это за шум.

Puis la conversation interrompue a repris progressivement.

А затем прерванный разговор постепенно возобновился.

Mais les paroles du père ont agréablement surpris tout le monde.

Но слова отца приятно удивили всех.

Gregor apprit alors la véritable situation financière.

Грегор теперь узнал истинное финансовое положение дел.

Malgré tous ces malheurs, il y a eu aussi un peu de chance.

Несмотря на все неудачи, была и доля удачи.

Une petite fortune d'antan était encore là.

Там ещё оставалось небольшое состояние, накопленное в былые времена.

Le père a expliqué les choses, mais a dû se répéter.

Отец всё объяснил, но ему пришлось повторить.

Parce qu'il ne s'était pas occupé de ces choses depuis un certain temps.

Потому что он давно не сталкивался с подобными вещами.

Et parce que la mère ne comprenait pas de telles choses.

А потому что мать не понимала таких вещей.

Les taux d'intérêt de la banque avaient légèrement augmenté.

Процентные ставки банка немного повысились.

L'argent non utilisé avait augmenté plus que prévu.

Объем нетронутых денежных средств увеличился больше, чем ожидалось.

De plus, Gregor leur avait toujours donné ses économies.

Кроме того, Грегор всегда отдавал им свои сбережения.

Il n'avait jamais gardé que quelques florins pour lui-même.

Он всегда оставлял себе лишь несколько гульденов.

Et son argent n'avait pas été entièrement dépensé.

И деньги у него тоже не были потрачены полностью.

Ensemble, ces sommes avaient constitué un petit capital.

Вместе эти деньги скопились и образовали небольшой капитал.

Gregor, derrière sa porte, hocha la tête avec enthousiasme à la nouvelle.

Грегор, стоявший за дверью, с нетерпением кивнул в ответ на эту новость.

Il était ravi de cette prudence et de cette frugalité inattendues.

Его порадовали эта неожиданная осторожность и бережливость.

Les fonds excédentaires auraient pu servir à rembourser la dette.

Излишки средств можно было бы использовать для погашения долга.

Ils n'auraient alors plus rien dû au patron.

Тогда они бы больше ничего не были должны боссу.

Et Gregor aurait pu changer d'emploi bien plus tôt.

И Грегор мог бы устроиться на новую работу гораздо раньше.

Mais la façon dont le père s'y était pris était bien meilleure maintenant.

Но теперь отец всё организовал гораздо лучше.

L'argent ne suffisait pas tout à fait pour vivre des intérêts.

Денег не хватало на жизнь за счет процентов.

Et il a fallu mettre de l'argent de côté pour les urgences.

И пришлось отложить часть средств на случай чрезвычайных ситуаций.

Cela n'aurait suffi que pour un an ou deux.

Этих денег хватило бы лишь на год-два.

Cela signifiait que quelqu'un devait gagner de l'argent pour qu'ils puissent vivre.

Это означало, что кто-то должен был зарабатывать деньги, чтобы они могли жить.

Le père n'était pas malade et il était assez fort.

Отец не был болен и был достаточно силен.

Mais il était sans emploi depuis plus de cinq ans.

Но он не работал уже более пяти лет.

Et, du fait de son âge, il lui restait peu de confiance en lui.

А из-за возраста у него практически не осталось уверенности в себе.

Il avait également pris beaucoup de poids ces derniers temps.

В последнее время он также сильно поправился.

Sa vie avait toujours été ardue et infructueuse.

Его жизнь всегда была полна трудностей и неудач.

Et c'étaient les premières vacances qu'il ait jamais prises.

И это был его первый в жизни отпуск.

Et, faute d'être occupé, il était devenu assez maladroit.

А из-за отсутствия постоянной занятости он стал довольно неуклюжим.

Ne serait-il pas préférable que la vieille mère gagne l'argent ?

А может, лучше было бы, если бы деньги зарабатывала пожилая мать?

La vieille mère qui souffrait d'asthme.

Пожилая мать, страдавшая астмой.

La vieille mère qui peinait à monter les escaliers.

Пожилая мать, с трудом поднимающаяся по лестнице.

La vieille mère qui passait son temps allongée sur le canapé.

Старая мать, которая проводила время, валяясь на диване.

La vieille mère qui préférait rester près de la fenêtre.

Старушка, которая предпочитала сидеть у окна.

Pour qu'elle puisse reprendre son souffle quand elle en aurait besoin.

Чтобы она могла перевести дух, когда ей это было необходимо.

Ne serait-il pas préférable que ce soit la jeune sœur qui gagne l'argent ?

А может, лучше было бы, если бы младшая сестра зарабатывала деньги?

La sœur, qui à dix-sept ans n'était encore qu'une enfant.

Сестра, которой в семнадцать лет было еще совсем мало.

La sœur qui ne connaissait que quelques modestes plaisirs.

Сестра, у которой было лишь несколько скромных радостей.

La sœur qui aimait surtout jouer du violon.

Сестра, которая больше всего любила играть на скрипке.

Elle savait que son mode de vie antérieur était très enviable ;

Она знала, что ее прежний образ жизни был весьма завидным;

Bien s'habiller, faire la grasse matinée, aider à la maison.

Хорошо одеваться, поздно просыпаться, помогать по дому.

La conversation tournait souvent autour de la nécessité de gagner de l'argent.

Разговор часто переходил к необходимости зарабатывать деньги.

Gregor était toujours le premier à lâcher la porte.

Грегор всегда первым отпускал дверь.

Cette conversation l'avait rempli de honte et de chagrin.

Этот разговор поверг его в ярость от стыда и горя.

Il se laissa donc tomber sur le canapé en cuir qui refroidissait.

И он бросился на остывший кожаный диван.

Et il passait souvent le reste de la nuit sur le canapé.

И он часто проводил остаток ночи на диване.

Il ne dormait jamais vraiment sur le canapé, ni la nuit.

Он никогда по-настоящему не спал ни на диване, ни по ночам.

Souvent, il se contentait de gratter le cuir pendant des heures.

Часто он просто часами царапал кожу.

D'autres fois, il poussait le fauteuil jusqu'à la fenêtre.

В других случаях он подталкивал кресло к окну.

Cela a nécessité à lui seul beaucoup d'efforts de sa part.

Уже одно это потребовало от него огромных усилий.

Le fauteuil l'a aidé à ramper jusqu'au rebord de la fenêtre.

Кресло помогло ему забраться на подоконник.

Et de là, il put s'appuyer contre la fenêtre.

И оттуда он смог прислониться к окну.

Il éprouvait un grand sentiment de liberté en faisant cela.

Раньше, занимаясь этим, он испытывал огромное чувство свободы.

Peut-être recherchait-il une sensation de liberté d'antan.

Возможно, он искал какое-то старое чувство свободы.

Mais sa vue n'était plus aussi perçante qu'avant.

Но зрение у него уже не было таким острым, как раньше.

Les objets situés à une certaine distance étaient flous et indistincts.

Предметы на небольшом расстоянии были размытыми и нечеткими.

Il ne pouvait plus voir l'hôpital de l'autre côté de la rue.

Он больше не видел больницу через дорогу.

Avant, il maudissait le paysage, maintenant il voulait le voir.

Раньше он проклинал этот вид, а теперь хотел его увидеть.

Il savait qu'il habitait dans la paisible Charlottenstrasse, en pleine ville.

Он знал, что живет в тихом, городском районе Шарлоттенштрассе.

Mais il a peut-être cru qu'il regardait vers le désert.

Но, возможно, он думал, что смотрит в пустыню.

Un désert où le ciel gris et la terre grise se confondaient.

Пустыня, где серое небо и серая земля слились воедино.

La sœur attentive remarqua à deux reprises que la chaise avait bougé.

Внимательная сестра дважды заметила, что стул передвинули.

Après avoir rangé, elle a repoussé la chaise vers la fenêtre.

Приведя порядок, она отодвинула стул обратно к окну.

Et désormais, elle laissait même la fenêtre ouverte.

И с этого момента она даже оставляла оконную раму открытой.

Gregor aurait vraiment souhaité pouvoir parler à sa sœur.

Грегору очень хотелось поговорить со своей сестрой.

Il voulait la remercier pour tout ce qu'elle avait fait pour lui.

Он хотел поблагодарить её за всё, что она для него сделала.

Il aurait alors plus facilement toléré leurs services.

Тогда он бы легче терпел их услуги.

Mais en l'état actuel des choses, il souffrait de son aide.

Но в сложившейся ситуации он страдал от того, что она ему помогала.

La sœur, bien sûr, a tenté de dissimuler la gêne.

Сестра, конечно же, попыталась сгладить неловкость ситуации.

Et elle faisait de son mieux pour feindre de ne pas se sentir accablée.

И она изо всех сил старалась притвориться, что не чувствует себя обремененной.

Bien sûr, c'est quelque chose qu'elle devait d'abord pratiquer.

Конечно, сначала ей нужно было это потренироваться.

Et plus le temps passait, plus elle devenait douée.

И чем больше проходило времени, тем лучше у нее это получалось.

Mais Gregor eut également plus de temps pour constater sa supercherie.

Но Грегору также дали больше времени, чтобы он смог увидеть её притворство.

Même son entrée dans sa chambre était une épreuve pour lui.

Даже её появление в его комнате стало для него испытанием.

Dès qu'elle est entrée, elle a couru directement vers la fenêtre.

Как только она вошла, она сразу же подбежала к окну.

Elle n'a même pas pris le temps de fermer la porte.

Она даже не удосужилась закрыть дверь.

Normalement, elle épargnait à tout le monde la vue de la chambre de Gregor.

Обычно она не показывала никому комнату Грегора.

Et elle ouvrit brusquement la fenêtre d'un geste rapide.

И она торопливо распахнула окно.

Puis elle reprit sa respiration comme si elle avait suffoqué.

Затем она снова вздохнула, словно задыхалась.

L'air qui entrait était froid, et elle respira profondément.

Воздух, поступавший внутрь, был холодным, и она глубоко вдохнула.

Mais elle resta néanmoins un moment près de la fenêtre.

Но, несмотря ни на что, она еще некоторое время оставалась у окна.

Elle effrayait Gregor deux fois par jour avec ce rituel.

Этим ритуалом она дважды в день пугала Грегора.

Pendant qu'elle était dans la pièce, il tremblait sous le canapé.

Пока она была в комнате, он дрожал под диваном.

Il savait qu'elle aurait aimé lui épargner cette épreuve.

Он знал, что она хотела бы избавить его от этого испытания.

Mais elle ne pouvait pas rester dans la pièce avec la fenêtre fermée.

Но она не могла находиться в комнате с закрытым окном.

Il y a eu une fois où elle est arrivée un peu plus tôt.

Однажды она пришла немного раньше.

Probablement environ un mois après la transformation de Gregor.

Вероятно, примерно через месяц после превращения Грегора.

Elle s'était plus ou moins habituée à sa nouvelle apparence.

Она уже немного привыкла к его новой внешности.

Elle n'avait donc plus aucune raison d'être particulièrement choquée.

Поэтому у нее больше не было причин для особого шока.

Elle le trouva toujours immobile, le regard fixé par la fenêtre.

Она обнаружила, что он по-прежнему неподвижно смотрит в окно.

Il se trouvait dans le pire endroit où il aurait pu être.

Он оказался в самом ужасном положении, в каком только мог оказаться.

Il n'aurait pas été surpris si elle n'était pas entrée.

Он бы не удивился, если бы она не вошла.

Il l'empêcha d'ouvrir la fenêtre.

Находясь в этом месте, он не позволил ей открыть окно.

Elle quitta rapidement la pièce et ferma la porte.

Она быстро вышла из комнаты и закрыла дверь.

Un étranger aurait pu tirer toutes sortes de conclusions.

Посторонний человек мог прийти к самым разным выводам.

Peut-être attendait-il simplement l'occasion de la mordre.

Возможно, он просто ждал подходящего момента, чтобы укусить её.

Gregor, bien sûr, s'est immédiatement caché sous le canapé.

Грегор, разумеется, тут же спрятался под диван.

Mais il dut attendre midi pour que sa sœur revienne.

Но ему пришлось ждать до полудня, пока вернется его сестра.

Et elle semblait beaucoup plus agitée que d'habitude.

И она казалась гораздо более беспокойной, чем обычно.

Il réalisa que sa vue lui était encore insupportable.

Он понял, что вид этого человека по-прежнему невыносим.

Sa vue allait lui rester insupportable.

Вид его оставался для неё невыносимым.

Elle ne pouvait probablement pas supporter de le voir, même partiellement.

Вероятно, она не могла вынести вида ни одной его части.

Une petite partie dépassait toujours de sous le canapé.

Небольшая часть постоянно торчала из-под дивана.

Un jour, il transporta un drap sur son dos jusqu'au canapé.

Однажды он донес простыню на спине до дивана.

Il voulait lui épargner de voir quoi que ce soit de lui.

Он хотел уберечь её от того, чтобы она увидела хоть какую-то его часть.

Il arrangea le drap de façon à ce qu'il soit entièrement caché.

Он поправил простыню так, чтобы полностью скрыть себя.

Même si elle se baissait, elle ne pourrait pas le voir.

Даже если бы она наклонилась, она бы его не увидела.

L'opération a pris à Gregor plus de trois heures.

На всю эту работу у Грегора ушло более трех часов.

Elle a peut-être pensé que le drap était inutile.

Возможно, она посчитала простыню ненужной.

Elle aurait su qu'il ne voulait pas du drap.

Она бы знала, что ему не нужна простыня.

Il le faisait pour son confort, et non pour lui-même.

Он делал это ради её комфорта, а не ради себя.

Et elle aurait pu enlever le drap si elle l'avait voulu.

И она могла бы снять простыню, если бы захотела.

Mais elle laissa le drap là où Gregor l'avait mis.

Но простыню она оставила там, где её положил Грегор.

Et Gregor crut même avoir aperçu un regard reconnaissant.

И Грегору даже показалось, что он заметил благодарный взгляд.

Il avait doucement soulevé le drap avec sa tête.

Он осторожно приподнял простыню головой.

Il voulait savoir si sa sœur appréciait cet arrangement.

Он хотел узнать, понравится ли его сестре такое положение дел.

Les deux premières semaines ont été les plus difficiles pour les parents.

Первые две недели были самыми трудными для родителей.

Ils n'ont pas eu le courage d'entrer et de le voir.

Они не смогли заставить себя войти и увидеть его.

Il a surpris plusieurs de leurs conversations à cette époque.

В это время он подслушал многие из их разговоров.

Ils ont pleinement reconnu tout ce que faisait la sœur.

Они полностью признавали все действия сестры.

Même s'ils étaient souvent agacés par elle.

Хотя раньше они часто на нее злились.

Parce qu'elle semblait être une fille un peu inutile.

Потому что она казалась довольно бесполезной девушкой.

C'étaient maintenant eux qui attendaient de l'autre côté de la pièce.

Теперь уже они ждали в другой части комнаты.

Et c'est elle qui est entrée dans la pièce pour tout faire.

И именно она заходила в комнату, чтобы всё делать.

Dès qu'elle est sortie, ils ont voulu tout savoir.

Как только она вышла, им захотелось узнать всё.

Elle a dû leur décrire précisément l'aspect de la pièce.

Ей пришлось в точности описать им, как выглядит комната.

« Qu'est-ce que Gregor a mangé ? Comment s'est-il comporté cette fois-ci ? »

«Что ел Грегор? Как он себя вёл на этот раз?»

«Y avait-il peut-être une légère amélioration à constater ?»

«Возможно, были замечены какие-то незначительные улучшения?»

La mère, d'ailleurs, était en réalité plus courageuse.

Мать, кстати, оказалась даже смелее.

Et bien sûr, c'était son propre fils qui se trouvait dans la pièce.

И, конечно же, в комнате находился её собственный сын.

Elle souhaitait en fait rendre visite à Gregor assez rapidement.

На самом деле она хотела навестить Грегора в ближайшее время.

Mais au départ, son père et sa sœur l'ont retenue.

Но отец и сестра поначалу сдерживали её.

Ils ont avancé des arguments très rationnels pour qu'elle n'y aille pas.

Они привели очень веские аргументы в пользу того, чтобы она не ехала.

Gregor écouta très attentivement leur raisonnement.

Грегор очень внимательно выслушал их доводы.

Et il acceptait ce raisonnement autant que sa mère.

И он принял эти доводы в той же мере, что и его мать.

Plus tard, cependant, il a fallu la retenir par la force.

Однако позже её пришлось удерживать силой.

«Laissez-moi entrer voir Gregor, c'est mon malheureux fils !»

«Впустите меня к Грегору, он мой несчастный сын!»

« Tu ne comprends pas que je dois aller le voir ? »

«Разве вы не понимаете, что мне нужно пойти к нему?»

Gregor fut également convaincu par les arguments de sa mère.

Грегора также убедили доводы его матери.

Peut-être avait-elle raison ; ce serait bien qu'elle vienne.

Возможно, она была права; было бы хорошо, если бы она вошла.

Le voir tous les jours serait beaucoup trop lourd.

Приходить к нему каждый день было бы слишком утомительно.

Mais le voir une fois par semaine suffirait peut-être.

Но, возможно, достаточно будет видеться с ним раз в неделю.

Elle pourrait comprendre les choses bien mieux que sa sœur.

Она, возможно, понимает ситуацию гораздо лучше, чем сестра.

Malgré tout son courage, elle n'était encore qu'une enfant.

Несмотря на всю свою храбрость, она была всего лишь ребёнком.

Peut-être une insouciance enfantine l'a-t-elle poussée à entreprendre cette tâche.

Возможно, детская безрассудность подтолкнула ее к этому заданию.

Mais le souhait de Gregor de revoir sa mère se réalisa bientôt.

Но желание Грегора увидеть свою мать вскоре исполнилось.

Durant la journée, Gregor se tenait à l'écart de la fenêtre.

В дневное время Грегор держался подальше от окна.

Il a agi ainsi par égard pour ses parents.

Он сделал это из уважения к своим родителям.

Il n'avait pas beaucoup de place pour ramper sur le sol.

Ему было очень мало места, чтобы ползать по полу.

Il avait du mal à rester immobile pendant la nuit.

Ему было трудно лежать спокойно по ночам.

Manger ne lui procurait plus le moindre plaisir.

Еда больше не доставляла ему ни малейшего удовольствия.

Bien sûr, il devait trouver un moyen de se distraire.

Конечно, ему нужно было как-то отвлечься.

Pour se divertir, il grimpait et descendait les murs.

Чтобы развлечь себя, он ползал вверх и вниз по стенам.

Et il rampait aussi le long du plafond, la tête en bas.

А еще он полз по потолку вверх ногами.

Il était particulièrement heureux lorsqu'il était suspendu au plafond.

Он был особенно счастлив, когда висел на потолке.

C'était complètement différent de s'allonger par terre.

Это было совершенно не похоже на лежание на полу.

Il trouvait qu'il respirait beaucoup plus facilement dans cette position.

В этом положении ему было гораздо легче дышать.

Une légère mais agréable vibration parcourut son corps.

По его телу пробежала легкая, но приятная вибрация.

Parfois, il se laissait même trop aller à son bonheur.

Иногда он даже слишком увлекался своим счастьем.

Il lui arrivait d'être distrait et de lâcher prise du plafond.

Иногда он отвлекался и отпускал потолок.

Et à sa propre surprise, il atterrit de nouveau sur le sol.

И, к своему собственному удивлению, он приземлился обратно на землю.

Mais il maîtrisait bien mieux son corps qu'auparavant.

Но он стал гораздо лучше контролировать своё тело, чем раньше.

Ainsi, il ne se blessait plus lors de chutes aussi importantes.

Поэтому теперь он не получает травм от таких сильных падений.

Sa sœur remarqua immédiatement le nouveau plaisir de Gregor.

Сестра сразу заметила новое удовольствие, которое испытывал Грегор.

Et on retrouvait des traces de colle là où il avait rampé.

А там, где он полз, были следы клея.

Là encore, la sœur pensa au bien-être de Gregor.

И снова сестра задумалась о самочувствии Грегора.

Il apprécierait peut-être d'avoir plus d'espace pour ramper.

Возможно, ему бы пригодилось больше места для ползания.

Et l'idée s'est fermement ancrée dans son esprit.

И эта мысль прочно закрепилась в её голове.

Certains meubles volumineux entravaient sa liberté de mouvement.

Часть крупной мебели ограничивала его свободу передвижения.

Il ne travaillait plus, il n'avait donc plus besoin du bureau.

Он больше не работал, поэтому стол ему больше не был нужен.

Et la boîte prenait plus de place que nécessaire. ***

И коробка занимала больше места, чем нужно. ***

La sœur n'était pas en mesure de déplacer ces choses seule.

Сестра не смогла бы передвинуть эти вещи в одиночку.

Bien sûr, elle n'osait pas demander de l'aide à son père.

Конечно, она не осмелилась попросить отца о помощи.

La bonne ne l'aurait certainement pas aidée non plus.

Горничная ей бы тоже, конечно, не помогла.

La nouvelle femme de ménage était en réalité un an plus jeune qu'elle.

Новая горничная была на самом деле на год моложе её.

Elle avait courageusement endossé le rôle de l'ancienne bonne.

Она смело взяла на себя роль бывшей горничной.

Mais il y avait un privilège auquel elle tenait absolument.

Но была одна привилегия, на которой она настаивала.

Elle voulait que la cuisine reste verrouillée en permanence.

Она хотела, чтобы кухня всегда была заперта.

La sœur n'avait donc pas d'autre choix que de demander à sa mère.

Поэтому у сестры не оставалось другого выбора, кроме как спросить свою мать.

La mère est venue à son secours en poussant des cris de joie.

Мать, радостно крича, пришла на помощь.

Mais elle se tut devant la porte de la chambre de Gregor.

Но она замолчала у двери комнаты Грегора.

La sœur a vérifié que tout était en ordre dans la chambre.

Сестра проверила, всё ли в порядке в комнате.

Gregor avait tiré précipitamment encore plus fort sur le drap.

Грегор поспешно еще плотнее натянул простыню.

Bien que le drap-housse paraisse encore disposé au hasard.

Хотя простыня по-прежнему выглядела небрежно разложенной.

Et ce n'est qu'alors qu'elle laissa sa mère entrer dans la pièce.

И только после этого она впустила мать в комнату.

Gregor s'abstint également d'espionner sous le drap.

Грегор также воздерживался от подглядывания из-под простыни.

Il a décidé de ne pas voir sa mère cette fois-ci.

Он решил на этот раз не видеться с матерью.

Gregor était déjà content qu'elle soit venue.

Грегор был вполне рад тому, что она вообще пришла.

«Entrez, vous ne pouvez pas le voir», dit la sœur.

«Заходите, вы его не увидите», — сказала сестра.

Gregor supposa qu'elle tenait sa mère par la main.

Грегор предположил, что она вела свою мать за руку.

Puis il entendit les deux femmes, faibles, déplacer les meubles.

Затем он услышал, как две ослабевшие женщины передвигают мебель.

La sœur semblait s'attribuer la majeure partie du travail.

Похоже, сестра присвоила себе большую часть работы.

Sa mère craignait qu'elle ne s'épuise.

Ее мать опасалась, что она перенапряжется.

Mais la sœur n'a prêté aucune attention à ces avertissements.

Но сестра не обратила внимания на эти предупреждения.

Mais même après quinze minutes, les progrès étaient très lents.

Но даже спустя пятнадцать минут прогресс был очень медленным.

Ils n'avaient pas réussi à déplacer les meubles très loin.

Им не удалось отодвинуть мебель достаточно далеко.

Ils commençaient lentement à ressentir un sentiment de défaite.

Они постепенно начали испытывать чувство поражения.

La mère fut la première à reconnaître l'inutilité de la démarche.

Мать первой признала всю безнадежность ситуации.

« Il vaudrait peut-être mieux laisser la boîte ici. »

«Возможно, лучше оставить коробку здесь».

« Le carton est trop lourd pour que nous puissions le déplacer plus loin. »

«Коробка слишком тяжелая, чтобы мы могли передвинуть ее дальше».

« Et nous n'aurons pas terminé avant l'arrivée de votre père. »

«И мы не закончим до приезда вашего отца».

« Laisser la boîte ici lui barrerait encore plus le passage. »

«Оставив коробку здесь, вы еще больше заблокируете ему путь».

« Et pouvons-nous être sûrs de lui rendre service ? »

«И можем ли мы быть уверены, что оказываем ему услугу?»

Ils commencèrent à penser que le contraire pourrait bien être vrai.

Они начали думать, что вполне может быть верно и обратное.

La vue du mur vide lui pesait lourdement sur le cœur.

Вид пустой стены тяжело отдавил ей сердце.

Qui nous dit que Gregor ne ressentirait pas la même chose ?

Кто знает, может быть, Грегор тоже так думал?

«Il est déjà habitué aux meubles de sa chambre.»

«Он уже привык к мебели в своей комнате».

«Il pourrait se sentir encore plus abandonné dans une pièce vide.»

«В пустой комнате он может почувствовать себя еще более покинутым».

À ce moment-là, sa voix s'était presque réduite à un murmure.

К этому моменту ее голос почти понизился до шепота.

Elle ignorait en réalité où se trouvait exactement Gregor.

Она на самом деле не знала точного местонахождения Грегора.

Elle ne voulait même pas qu'il entende sa voix.

Она не хотела, чтобы он даже услышал её голос.

Bien qu'elle fût certaine qu'il ne la comprenait pas.

Хотя она была уверена, что он её не понимает.

« N'aurait-on pas l'impression de l'avoir complètement abandonné ? »

«Не создаст ли это впечатление, будто мы совсем от него отчаялись?»

«N'aura-t-il pas l'impression qu'on le laisse se débrouiller seul ?»

«Не покажется ли ему, что мы оставляем его одного?»

«Nous devrions laisser la pièce exactement comme elle
était.»

«Мы должны оставить комнату в том же состоянии, в
каком она была».

« Gregor finira par nous revenir comme avant. »

«В конце концов Грегор вернется к нам таким, каким был
раньше».

«Alors il constatera que tout est encore à sa place.»

«Тогда он обнаружит, что всё по-прежнему на своих
местах».

« Et il oubliera beaucoup plus facilement la période
intermédiaire. »

«И он гораздо легче забудет этот переходный период».

En entendant ces mots, Gregor réalisa quelque chose.

Услышав эти слова, Грегор кое-что понял.

Son esprit était devenu confus au cours des deux derniers
mois.

За последние два месяца его разум запутался.

Le manque d'interactions humaines ne lui avait pas fait de
bien.

Отсутствие человеческого общения пошло ему на пользу.

Il avait vraiment besoin de la vie monotone au sein de sa
famille.

Ему действительно была необходима монотонная жизнь в
кругу семьи.

Pourquoi aurait-il formulé une demande aussi absurde
autrement ?

Иначе зачем бы он выдвинул такое нелепое требование?

Quel sens pouvait-il y avoir à vider sa chambre ?

Какой смысл был в том, чтобы освободить его комнату?

La chambre confortable est meublée de meubles hérités.

Уютная комната, обставленная унаследованной мебелью.

Pourquoi voudrait-il transformer cette chaleur familière en
une grotte ?

Зачем ему понадобилось превращать это хорошо
известное тепло в пещеру?

Une grotte où il pouvait ramper en toute tranquillité dans toutes les directions.

Пещера, где он мог бы спокойно ползать во всех направлениях.

Mais une grotte où il oublia rapidement son passé humain.

Но это была пещера, в которой он быстро забыл свое человеческое прошлое.

Il se demandait s'il était déjà sur le point d'oublier.

Ему оставалось лишь гадать, не близок ли он уже к тому, чтобы забыть.

La voix de sa mère l'avait secoué et lui avait fait se souvenir.

Голос матери заставил его вспомнить.

La voix qu'il n'avait pas entendue depuis si longtemps.

Голос, которого он не слышал так давно.

Il ne fallait rien enlever ; tout devait rester.

Ничего нельзя было убирать; всё должно было остаться на месте.

Le mobilier a eu un effet positif sur son état.

Мебель оказала положительное влияние на его состояние.

Et il ne pouvait pas s'en sortir sans ce lien avec le passé.

И он не мог справиться без этой связи с прошлым.

Les meubles l'empêchaient de ramper sans but.

Мебель не позволяла ему бесконтрольно ползать.

Mais ce n'était pas une perte ; c'était au contraire un grand avantage.

Но это не было потерей; напротив, это стало большим преимуществом.

Malheureusement, sa sœur avait un avis très différent.

К сожалению, у сестры было совсем другое мнение.

Elle était en quelque sorte devenue la porte-parole de Gregor.

Она в некотором смысле стала представителем Грегора.

Bien sûr, son opinion n'était pas totalement injustifiée.

Конечно, её мнение было не совсем необоснованным.

Mais l'opinion de sa mère devait être contredite ici.

Но здесь мнение ее матери необходимо было опровергнуть.

Il ne s'agissait plus seulement d'enlever la boîte.

Теперь нужно было убрать не только коробку.

Son bureau et son armoire ne pouvaient pas rester en place non plus.

Его письменный стол и шкаф тоже не могли остаться.

La seule chose indispensable était le canapé.

Единственным необходимым предметом был диван.

Elle n'a pas pris cette décision par simple rébellion enfantine.

Она приняла это решение не просто из-за детского неповиновения.

Ce n'était pas non plus sa confiance en soi récemment acquise.

И дело было не в недавно приобретенной уверенности в себе.

La nouvelle confiance qu'elle avait acquise lui a permis de travailler si dur pour gagner.

Новая уверенность, которую она обрела, когда так упорно боролась за победу.

Même si personne ne s'attendait à ce qu'elle y parvienne.

Хотя никто и не ожидал, что она сможет это сделать.

Gregor avait vraiment besoin de beaucoup d'espace pour ramper.

Грегору действительно требовалось много места, чтобы ползать.

Le mobilier ne faisait que réduire l'espace dont il disposait.

Мебель лишь ограничивала имеющееся у него пространство.

Elle était capable de mieux voir ces choses que sa mère.

Она могла видеть эти вещи лучше, чем мать.

Mais peut-être que son esprit romantique a aussi joué un rôle.

Но, возможно, свою роль сыграл и её романтический дух.

Les filles de cet âge acquièrent souvent un certain enthousiasme.

Девочки в этом возрасте часто проявляют определенный энтузиазм.

Et ils éprouvent le besoin d'obtenir ce qu'ils veulent chaque fois qu'ils le peuvent.

И они чувствуют потребность добиваться своего при любой возможности.

C'est peut-être pour cela qu'elle voulait le saboter en secret.

Возможно, именно поэтому она хотела тайно ему навредить.

Il est encore plus terrifiant lorsqu'il rampe sur les murs.

Он становится ещё страшнее, когда ползает по стенам.

Les parents n'osaient plus entrer dans la pièce.

Родители больше не осмеливались входить в комнату.

Elle serait véritablement la seule à prendre soin de son frère.

Она действительно станет единственной опекуншей своего брата.

Elle ne laissa pas sa mère la persuader du contraire.

Она не позволила матери переубедить её.

La mère de Gregor se sentait déjà mal à l'aise dans la pièce.

Мать Грегора уже чувствовала себя неловко в комнате.

Elle cessa bientôt de parler et aida de nouveau sa fille.

Вскоре она замолчала и снова начала помогать дочери.

Avec leurs forces restantes, ils ont enlevé l'armoire.

Оставшиеся силы они вынесли шкаф.

La commode, il pouvait s'en passer.

Комод был тем, без чего он вполне мог обойтись.

Mais le bureau allait devoir rester en place pour le moment.

Но стол пока придётся оставить на месте.

Pendant l'absence des femmes, il tenta d'évaluer la pièce.

Пока женщин не было, он попытался осмотреть комнату.

Et Gregor passa la tête sous le canapé.

И Грегор высунул голову из-под дивана.

Il devait voir ce qu'il pouvait faire face à la situation.

Ему нужно было понять, что он может сделать в этой ситуации.

Mais il a été aussi prudent et attentionné que possible.

Но он был максимально осторожен и внимателен.

Malheureusement, c'est la mère qui est revenue la première.

К сожалению, первой вернулась мать.

Grete était encore en train de déplacer l'armoire dans la pièce voisine.

Грета все еще передвигала шкаф в соседней комнате.

Mais la mère n'était pas habituée à la vue de Gregor.

Но мать не привыкла видеть Грегора.

Un simple aperçu de lui aurait pu la rendre malade.

Даже один взгляд на него мог вызвать у нее тошноту.

Gregor recula précipitamment jusqu'à l'autre bout du canapé.

Грегор поспешно отступил назад, к дальнему краю дивана.

Mais il ne pouvait pas reculer et maintenir le drap en équilibre.

Но он не мог отступить назад и удержать на месте простыню.

Ce mouvement suffit à attirer l'attention de la mère.

Одного движения было достаточно, чтобы привлечь внимание матери.

Elle marqua une pause et resta immobile un bref instant.

Она сделала паузу и на мгновение замерла.

Puis elle se retourna et sortit de la pièce.

Затем она повернулась и вышла из комнаты.

Gregor se répétait sans cesse que rien d'inhabituel ne s'était produit.

Грегор продолжал убеждать себя, что ничего необычного не произошло.

« Ce ne sont que quelques meubles qui ont été emportés. »

«Забрали всего лишь часть мебели».

Mais il dut bientôt admettre que ces événements l'avaient affecté.

Но вскоре ему пришлось признать, что эти события повлияли на него.

Les femmes disaient tout ce qu'elles faisaient.

Женщины говорили обо всём, что делали.

Ils faisaient des allers-retours dans la pièce.

Они ходили взад и вперед по комнате.

Le bruit des meubles qui grattent le sol.

Скребущийся по полу шорох всей мебели.

Il avait l'impression d'être assailli de toutes parts.
Ему казалось, что на него нападают со всех сторон.
Il replia sa tête et ses jambes aussi fort qu'il le put.
Он втянул голову и ноги как можно крепче.
De toutes ses forces, il plaqua son corps au sol.
Он изо всех сил прижался телом к земле.
Il savait qu'il ne pourrait pas supporter tout cela encore
longtemps.
Он понимал, что больше не сможет это терпеть.
Ils ont vidé sa chambre et ont pris tout ce qu'il aimait.
Они вывезли все вещи из его комнаты и забрали все, что
он любил.
Ils avaient déjà pris la boîte contenant tous ses outils.
Они уже забрали ящик со всеми его инструментами.
Ils étaient en train de déloger son lourd bureau du sol.
Теперь они начали отрывать его тяжелый стол от пола.
Le bureau sur lequel il avait travaillé en rentrant du travail.
Стол, за которым он работал после возвращения с работы.
Le bureau sur lequel il avait noté ses missions
professionnelles.
Стол, за которым он записывал свои рабочие задания.
Le bureau sur lequel il avait fait ses devoirs au collège.
Парта, за которой он делал домашнее задание в средней
школе.
Oui, il avait déjà eu ce bureau à l'école primaire.
Да, у него этот стол был ещё в начальной школе.
Il n'a vraiment pas eu le temps de vérifier leurs bonnes
intentions.
У него действительно не было времени, чтобы убедиться в
их благих намерениях.
Bien qu'il ait presque oublié leur présence.
Хотя он и так почти забыл об их присутствии.
Parce qu'ils travaillaient en silence, épuisés.
Потому что они работали молча, из-за истощения.
Ils étaient trop fatigués pour annoncer leurs mouvements
maintenant.

Они были слишком уставшими, чтобы сейчас объявлять о своих передвижениях.

Il n'entendait que leurs lourds pas sur le sol.

Он слышал только их тяжелые шаги по полу.

À ce moment précis, ils étaient appuyés contre la boîte.

В этот самый момент они прислонились к коробке.

Et c'est alors que Gregor est sorti de sous le canapé.

И тут из-под дивана вылез Грегор.

Il a changé de direction à quatre reprises.

Он четыре раза менял направление своего движения.

Il n'arrivait pas à se décider quel objet sauver en premier.

Он не мог решить, какой предмет нужно спасти в первую очередь.

Soudain, son attention fut attirée par le mur vide.

Внезапно его внимание привлекла пустая стена.

Ils ne lui avaient laissé que la photo de la dame en fourrure.

Всё, что у них осталось, — это портрет женщины в меховой шубе.

Il rampa jusqu'à la photo pour coller son corps contre le sien.

Он подполз к картине и прижался к ней всем телом.

Et son corps masquait complètement la vue de la photo.

И его тело полностью закрывало обзор на фотографии.

Le verre le soutenait et apaisait son ventre brûlant.

Стакан поддерживал его и успокаивал разгоряченный живот.

On ne pouvait plus lui enlever cette photo.

Этот снимок уже невозможно было у него отобрать.

Puis il tourna la tête vers la porte du salon.

Затем он повернул голову в сторону двери гостиной.

Il allait les regarder retourner dans la pièce.

Он собирался наблюдать, как женщины вернутся в комнату.

Et ils ne se reposèrent pas longtemps avant de revenir.

И они недолго отдыхали, прежде чем вернуться снова.

Grete avait le bras autour de sa mère pour l'aider à marcher.

Грета обняла мать, помогая ей идти.

« Que prenons-nous maintenant ? » demanda Grete en regardant autour d'elle.

«Что же нам теперь взять?» — спросила Грета и огляделась.

À ce moment précis, son regard croisa celui de Gregor.

В этот самый момент её взгляд встретился с взглядом Грегора.

Malgré le choc, elle a gardé son sang-froid.

Несмотря на шок, она сохранила самообладание.

Probablement uniquement à cause de la présence de sa mère.

Вероятно, только из-за присутствия матери.

Elle pencha le visage vers sa mère, lui cachant la vue.

Она склонила лицо к матери, закрывая ему обзор.

Et puis elle dit, d'une voix tremblante et sans réfléchir :

И затем она сказала, хотя и дрожа и ни о чём не задумываясь:

«Allez, on ne devrait pas retourner au salon ?»

"Да ладно, может, вернёмся в гостиную?"

Gregor comprenait aisément les intentions de sa sœur.

Грегор легко мог понять намерения сестры.

Sa priorité absolue était de mettre sa mère en sécurité.

Ее первоочередной задачей было обеспечить безопасность матери.

Mais ensuite, elle allait le poursuivre depuis le mur.

Но затем она собиралась догнать его со стены.

« Eh bien, elle peut toujours essayer ! » pensa Gregor.

«Ну, она, конечно, может попробовать!» — подумал про себя Грегор.

Il s'assit fermement sur son tableau et ne le lâcha pas.

Он твердо стоял на своем и не хотел отказываться от своего портрета.

Il aurait préféré sauter au visage de sa sœur.

Он бы предпочел прыгнуть сестре прямо в лицо.

Mais les paroles de Grete avaient encore plus inquiété sa mère.

Но слова Греты еще больше встревожили ее мать.

Elle s'écarta pour voir ce qu'on lui cachait.

Она отошла в сторону, чтобы посмотреть, что от нее скрывают.

Et elle vit la tache brune sur le papier peint à fleurs.

И она увидела коричневое пятно на обоях с цветочным рисунком.

Et elle a crié avant même de réaliser que c'était Gregor.

И она закричала, даже не успев понять, что это Грегор.

« Oh mon Dieu ! » hurla-t-elle en tendant les bras.

«О Боже!» — закричала она, раскинув руки в стороны.

Et elle s'est effondrée sur le canapé comme si elle avait renoncé.

И она упала на диван, словно сдавшись.

« Gregor ! » cria sa sœur en levant le poing.

«Грегор!» — крикнула ему сестра, подняв кулак.

Et elle lui lança un regard long, dur et pénétrant.

И она бросила на него долгий, суровый и проницательный взгляд.

C'était la première fois qu'elle lui parlait directement.

Это был первый раз, когда она заговорила с ним напрямую.

Elle a couru dans la pièce voisine pour aller chercher des sels d'ammoniaque.

Она побежала в соседнюю комнату за нашатырным спиртом.

Elle devait ramener sa mère à la conscience.

Ей нужно было привести мать в сознание.

Gregor voulait aider, il pourrait sauvegarder la photo plus tard.

Грегор хотел помочь, фотографию он мог бы сохранить позже.

Mais il s'était solidement collé à la vitre.

Но он намертво прилип к стеклу.

Il a donc dû s'arracher à ce point en utilisant beaucoup de force.

Поэтому ему пришлось с большим усилием оторваться от него.

Il courut lui aussi dans la pièce voisine, où se trouvait sa sœur.

Он тоже побежал в соседнюю комнату, где находилась сестра.

Autrefois, il aurait pu lui donner quelques conseils.

В былые времена он мог бы дать ей какой-нибудь совет.

Mais à présent, il ne pouvait rien faire d'autre que rester là, impuissant, et regarder.

Но теперь ему оставалось лишь бездействовать и наблюдать.

Elle fouilla dans le tiroir, ouvrant diverses bouteilles.

Она порылась в ящике, открывая разные бутылки.

Et il lui faisait encore peur quand elle se retournait.

И он по-прежнему пугал ее, когда она оборачивалась.

Une bouteille est tombée par terre, s'est cassée et a éclaté.

Бутылка упала на пол, разбилась и рассыпалась на осколки.

Un éclat de verre a frappé Gregor au visage et l'a blessé.

Осколок стекла попал Грегору в лицо и ранил его.

La bouteille contenait une sorte de liquide caustique.

В бутылке находилась какая-то едкая жидкость.

Et maintenant, le liquide corrosif brûlait le visage de Gregor.

И теперь едкая жидкость обжигала лицо Грегора.

Sa sœur, cependant, n'avait pas de temps à consacrer à Gregor pour le moment.

Однако у сестры сейчас не было времени на Грегора.

Elle ramassa autant de bouteilles qu'elle put.

Она взяла столько бутылок, сколько смогла.

Et elle est retournée en courant vers sa mère avec les médicaments.

И она побежала обратно к матери с лекарством.

Elle claqua la porte du pied, empêchant Gregor d'entrer.

Она хлопнула дверью ногой, выгоняя Грегора наружу.

Il était désormais coupé de sa mère, potentiellement mourante.

Теперь он был отрезан от своей, возможно, умирающей матери.

S'il ouvrait la porte, il chasserait sa sœur.

Если бы он открыл дверь, он бы прогнал сестру.

Mais bien sûr, elle devait rester pour s'occuper de sa mère.

Но, конечно, ей нужно было остаться, чтобы позаботиться о матери.

Il ne pouvait plus rien faire d'autre qu'attendre.

Теперь ему оставалось только ждать их.

Rongé par les remords et l'anxiété, il se mit à ramper.

Мучимый самообвинением и тревогой, он начал ползать.

Il rampait partout : sur les murs, les meubles, le plafond.

Он ползал повсюду: по стенам, мебели, потолку.

Il avait l'impression que toute la pièce tournait autour de lui.

Ему казалось, что вся комната кружится вокруг него.

Finalement, désespéré et pris de vertiges, il retomba.

Наконец, в отчаянии и головокружении, он снова упал.

Et il est tombé directement sur la grande table de la salle à manger.

И он упал прямо на большой обеденный стол.

Il resta allongé là un certain temps, engourdi et incapable de bouger.

Он некоторое время лежал там, онемевший и неспособный пошевелиться.

Il était épuisé par tout ce que cette journée lui avait apporté.

Он был измотан всем, что принес ему этот день.

Le silence régnait partout, mais c'était peut-être bon signe.

Вокруг царила тишина, но, возможно, это был хороший знак.

Puis, brisant le silence, la sonnette retentit à l'extérieur.

Затем, нарушив тишину, раздался звонок в дверь.

La bonne, bien sûr, s'était enfermée dans sa cuisine.

Горничная, разумеется, заперлась на кухне.

La sœur était donc la seule à pouvoir ouvrir la porte.

Поэтому только сестра могла открыть дверь.

« Que s'est-il passé ? » fut la première question du père.

«Что случилось?» — первым делом спросил отец.

L'apparence de Grete lui avait probablement tout dit.

Появление Греты, вероятно, сказало ему всё.

La voix de Grete devint étouffée et monotone tandis qu'elle parlait.

Голос Греты стал приглушенным и глухим, когда она заговорила.

Elle a dû enfouir son visage contre la poitrine de son père.

Должно быть, она прижалась лицом к груди отца.

« Maman était inconsciente, mais elle va mieux maintenant. »

«Мать была без сознания, но сейчас ей лучше».

« Gregor s'est échappé », a-t-elle ajouté, ce à quoi il s'attendait.

«Грегор сбежал», — добавила она, чего он и ожидал.

« Je vous l'ai toujours dit, il allait s'échapper un jour. »

«Я всегда говорила тебе, что однажды он сбежит».

« Mais vous, les femmes, vous ne vouliez pas m'écouter, n'est-ce pas ? »

«Но вы, женщины, не хотели меня слушать, не так ли?»

Gregor comprit rapidement comment son père verrait les choses.

Грегор быстро понял, как его отец воспримет ситуацию.

Il avait mal interprété le message trop bref de Grete.

Он неправильно истолковал слишком краткое сообщение Греты.

Il supposa que Gregor avait commis un acte de violence.

Он предположил, что Грегор совершил какой-то акт насилия.

Gregor devait trouver un moyen d'apaiser son père d'une manière ou d'une autre.

Грегору нужно было как-то угодить отцу.

Parce qu'il n'avait pas le temps de lui expliquer les choses.

Потому что у него не было времени ему все объяснять.

Mais de toute façon, il n'aurait pas été capable d'expliquer les choses.

Но он все равно не смог бы ничего объяснить.

Il s'est donc enfui vers la porte et s'y est plaqué.

Поэтому он подбежал к двери и прижался к ней.

Ainsi, son père pourrait le voir depuis l'antichambre.

Таким образом, его отец мог видеть его из прихожей.

Et il pourrait constater qu'il avait les meilleures intentions.

И он смог бы убедиться, что у него были самые лучшие намерения.

Il n'était pas nécessaire de le repousser avec un balai.

Не было никакой необходимости отгонять его метлой.

Il aurait suffi que le père ouvre la porte.

Отцу достаточно было всего лишь открыть дверь.

Mais il n'était pas d'humeur à remarquer de telles subtilités.

Но он был не в настроении обращать внимание на подобные тонкости.

« Te voilà ! » s'exclama-t-il dès qu'il entra.

«Вот вы где!» — воскликнул он, как только вошел.

C'était comme s'il était à la fois en colère et heureux.

Казалось, он одновременно злился и радовался.

Il recula la tête et leva les yeux vers son père.

Он откинул голову назад и посмотрел на отца.

Il n'avait pas imaginé son père debout là, dans cette position.

Он и представить себе не мог, что его отец будет стоять здесь вот так.

Mais ces derniers temps, il s'était trouvé une nouvelle distraction.

Но в последнее время он нашел себе новое развлечение.

Ramper occupait désormais une grande partie de sa journée.

Ползание теперь занимало большую часть его дня.

Auparavant, il se tenait au courant de toutes les nouvelles dans l'appartement.

Раньше он следил за всеми новостями в квартире.

Mais ces derniers temps, il n'y avait pas prêté beaucoup d'attention.

Но в последнее время он не уделял этому столько внимания.

Il aurait dû se préparer à faire face aux changements.

Ему следовало быть готовым к переменам.

Pour autant, cet homme qui se tenait devant lui était-il encore son père ?

Тем не менее, был ли этот человек перед ним всё ещё отцом?

Était-ce le même homme qui avait l'habitude de rester allongé, fatigué, dans son lit ?

Был ли это тот же самый человек, который раньше устало валялся в своей постели?

Alors que Gregor était déjà parti en voyage d'affaires.

Когда Грегор уже уехал в командировку.

Était-ce le même homme qui le saluait le soir ?

Был ли это тот же самый человек, который приветствовал его по вечерам?

Lorsqu'il était en robe de chambre, dans son fauteuil.

Когда он сидел в кресле в халате.

Était-ce le même homme qui n'avait pas pu se lever pour l'accueillir ?

Был ли это тот самый человек, который не смог встать, чтобы поприветствовать его?

Restant assis, il leva le bras en signe de joie.

Поэтому, оставаясь на месте, он поднял руку в знак радости.

Était-ce le même homme avec qui il faisait parfois des promenades ?

Был ли он тем же человеком, с которым иногда ходил на прогулки?

Exceptionnellement : quelques dimanches par an, ou les jours fériés.

В редких случаях: несколько воскресений в году или в праздничные дни.

Était-ce le même homme qui marchait, enveloppé dans son pardessus ?

Был ли это тот же самый человек, который шел, закутанный в пальто?

S'est-il lentement avancé, entre la mère et lui ?

Он медленно продвигался вперед, между собой и матерью?

Et ils marchaient déjà lentement à cause de lui.

И они уже тогда шли медленно из-за него.

Mais à présent, cet homme se tenait droit et fort.

Но теперь этот человек стоял крепко и прямо.

Il portait un uniforme bleu à boutons dorés.

Он был одет в синюю форму с золотыми пуговицами.

Les badges que portent les employés des institutions bancaires.

Пуговицы, которые носят сотрудники банковских учреждений.

Au-dessus du col rigide, son double menton prononcé se dessinait.

Поверх жесткого воротника торчал его внушительный двойной подбородок.

Sous ses sourcils broussailleux, ses yeux noirs fixaient le vide.

Из-под густых бровей смотрели его черные глаза.

À présent, ses yeux paraissaient perçants, frais et alertes.

Теперь его взгляд был пронзительным, свежим и внимательным.

Les cheveux blancs, auparavant ébouriffés, étaient désormais peignés.

Ранее растрепанные седые волосы были зачесаны вниз.

Et ses cheveux étaient désormais coiffés d'une raie centrale méticuleuse.

Теперь его волосы были аккуратно разделены центральным пробором.

Il jeta son chapeau, orné d'un monogramme en or.

Он бросил свою шляпу, на которой была золотая монограмма.

Il s'agissait probablement du monogramme de la banque pour laquelle il travaillait.

Вероятно, это была монограмма банка, в котором он работал.

Et le chapeau atterrit sur le canapé, pour être rangé plus tard.

А шляпа упала на диван, чтобы потом убрать её.

Il repoussa le bas de sa longue veste d'uniforme.

Он откинул край длинной форменной куртки.

Et il mit ses pouces dans les poches de son pantalon.

И он засунул большие пальцы в карманы брюк.

Puis, le visage sombre, il s'avança vers Gregor.

А затем, с мрачным лицом, он направился к Грегору.

Il ne savait probablement même pas ce qu'il comptait faire.

Вероятно, он даже не знал, что собирается делать.

Mais il leva néanmoins les pieds exceptionnellement haut.

Но, несмотря на это, он поднял ноги необычно высоко.

Gregor était stupéfait par la taille énorme de ses bottes.

Грегор был поражен огромными размерами его сапог.

Mais il n'y avait vraiment pas le temps de s'extasier devant ses chaussures.

Но времени, чтобы любоваться его ботинками, на самом деле не было.

Le père avait opté pour une discipline très stricte.

Отец принял решение о применении очень строгой дисциплины.

Seule la plus grande sévérité convenait à Gregor.

Для Грегора была уместна лишь самая суровая мера.

Il le savait dès le premier jour de sa transformation.

Он знал это с первого дня своего преображения.

Il courut vers son père et s'arrêta quand celui-ci s'arrêta.

Он подбежал к отцу и остановился там, где остановился тот.

Il se précipita de nouveau vers lui lorsqu'il bougea à nouveau.

Когда тот снова двинулся с места, он поспешно подбежал к нему.

Le père marqua une pause, et Gregor fit de même.

Отец на мгновение замолчал, и Грегор сделал то же самое.

Et il se précipita de nouveau en avant dès que son père eut bougé.

И он снова бросился вперед, как только отец двинулся с места.

Ils firent ainsi plusieurs fois le tour de la pièce.

Таким образом они несколько раз обошли комнату по кругу.

Aucun avantage décisif n'avait encore été obtenu par qui
que ce soit.

Пока никому не удалось добиться решающего
преимущества.

On n'aurait pas pu avoir l'impression d'une poursuite.

Вряд ли можно было составить впечатление погони.

**Parce que tout l'événement se déroulait beaucoup trop
lentement.**

Потому что всё происходящее развивалось слишком
медленно.

Gregor avait décidé de rester au sol.

Грегор решил остаться на земле.

Il aurait pu courir le long des murs et du plafond.

Он мог бы пробежаться по стенам и потолку.

Mais il ne voulait pas provoquer inutilement le père.

Но он не хотел без необходимости провоцировать отца.

**Une telle évasion aurait pu paraître particulièrement
perverse.**

Подобный побег мог показаться особенно подлым
поступком.

**Gregor admit que cette poursuite ne pourrait pas durer
beaucoup plus longtemps.**

Грегор признал, что эта погоня не может продолжаться
долго.

Chaque étape nécessitait une myriade de mouvements.

Каждый шаг сопровождался множеством движений.

Il commençait déjà à avoir le souffle court.

Он уже начал чувствовать одышку.

**Même avant cela, il n'avait jamais eu des poumons
totalement fiables.**

Даже раньше у него никогда не было полностью здоровых
легких.

**Il avançait en titubant, économisant ses forces pour la
course.**

Он еле-еле продвигался вперед, беря силы для бега.

Il était si fatigué qu'il avait du mal à garder les yeux ouverts.

Он так устал, что едва мог держать глаза открытыми.

Ses pensées étaient devenues trop lentes pour qu'il puisse envisager d'autres solutions.

Его мысли стали слишком медленными, чтобы придумывать другие способы побега.

Il avait presque oublié que les murs étaient à sa disposition.

Он почти забыл, что стены были ему доступны.

Mais les murs étaient de toute façon dissimulés derrière des meubles.

Но стены всё равно были скрыты за мебелью.

Et les meubles avaient trop d'encoches et de saillies.

А в мебели было слишком много выемок и выступов.

Et puis, juste à côté de lui, en roulant, il y avait une pomme.

А потом, прямо рядом с ним, катясь, появилось яблоко.

Il réalisa que la pomme avait dû lui être lancée.

Он понял, что яблоко, должно быть, бросили в него.

Mais il n'eut pas le temps de réfléchir qu'une autre pomme arriva.

Но у него не было времени подумать, прежде чем появилось еще одно яблоко.

Gregor resta figé, sous le choc de la nouvelle stratégie de son père.

Грегор замер в шоке от новой стратегии отца.

Il ne pouvait plus rien gagner à essayer de fuir.

Он больше не мог извлечь никакой выгоды из попыток убежать.

Le père avait décidé de le bombarder de fruits.

Отец решил забросать его фруктами.

Il avait rempli ses poches avec les fruits du bol de la cuisine.

Он набил карманы фруктами из кухонной вазы.

Sans viser particulièrement, il lançait pomme après pomme.

Он, не особо целясь, бросал яблоко за яблоком.

Ces petites pommes rouges roulaient sur le sol.

Эти маленькие красные яблоки катались по земле.

Comme électrifiées, les pommes se heurtèrent les unes aux autres.

Словно под воздействием электрического тока, яблоки столкнулись друг с другом.

Une des pommes, lancée mollement, a effleuré le dos de Gregor.

Одно из слабо брошенных яблок задели Грегора за спину.

Heureusement pour lui, la pomme a glissé sans le blesser.

К счастью для него, яблоко соскользнуло безвредно.

Cependant, la pomme lancée ensuite était plus précise.

Однако брошенное позже яблоко оказалось более точным.

Et cette pomme s'est logée profondément dans le dos de Gregor.

И это яблоко глубоко вонзилось в спину Грегора.

Gregor voulait s'éloigner de la douleur.

Грегору хотелось оторваться от боли.

Peut-être pourrait-on échapper à cette nouvelle douleur inimaginable.

Возможно, от этой новой, невероятной боли можно будет избавиться.

Un changement d'endroit pourrait peut-être soulager son supplice.

Возможно, смена места жительства облегчила бы его страдания.

Mais il avait l'impression d'être cloué au sol.

Но ему казалось, что его пригвоздили к полу.

Il s'étira, mais seulement à cause de sa confusion.

Он потянулся, но лишь из-за замешательства.

Ce n'est qu'à son dernier regard qu'il vit la porte s'ouvrir.

Лишь последним взглядом он увидел, как открывается дверь.

La mère s'est précipitée devant sa sœur qui hurlait.

Мать выбежала навстречу кричащей сестре.

Sa sœur l'avait déshabillée, elle était donc encore en chemise.

Сестра раздела ее, так что она осталась в одной рубашке.

Elle avait besoin de respirer pendant son inconscience.

Ей нужно было время, чтобы перевести дух в бессознательном состоянии.

Il voyait encore la mère courir vers le père.

Он все еще видел, как мать бежала к отцу.

Ses jupes glissèrent au sol, l'une après l'autre.
Её юбки одна за другой сползали на землю.
Il la vit s'approcher du père et trébucher sur sa jupe.
Он увидел, как она подошла к отцу и споткнулась о свою юбку.
L'enlaçant, elle demanda qu'on épargne la vie de Gregor.
Обняв его, она попросила пощадить жизнь Грегора.
En parfaite harmonie avec son corps, sa vue s'est éteinte.
В полной гармонии с телом у него ухудшилось зрение.

Troisième partie
Часть третья

Gregor a souffert de cette grave blessure pendant plus d'un mois.

Грегор страдал от тяжелой травмы более месяца.

La pomme restait incrustée ; personne n'osait l'enlever.

Яблоко так и не застряло; никто не осмелился его вытащить.

La pomme restait plantée dans sa chair comme un rappel visible.

Яблоко осталось в его теле как видимое напоминание.

Mais la pomme servait aussi de rappel au père.

Но яблоко также служило напоминанием отцу.

Il comprit que Gregor ne devait pas être traité comme un ennemi.

Он понял, что к Грегору не следует относиться как к врагу.

Actuellement, son apparence pourrait être triste et repoussante.

В настоящий момент его внешний вид может быть печальным и отвратительным.

Mais il restait néanmoins un membre de leur famille.

Но, тем не менее, он по-прежнему оставался членом их семьи.

Il a fallu accepter et tolérer cette réticence.

Это нежелание пришлось смирить и терпеть.

En raison de sa blessure, il risque fort de perdre sa mobilité à jamais.

Из-за полученного ранения он, возможно, навсегда утратил способность двигаться.

Il continuait à ramper dans sa chambre, mais beaucoup plus lentement.

Он по-прежнему ползал по своей комнате, но гораздо медленнее.

Ramper à une quelconque hauteur était hors de question.

Ползание на любой высоте было исключено.

Mais Gregor a bien reçu une forme de compensation.

Но Грегор всё же получил некоторую компенсацию.

Le soir, la porte du salon lui fut ouverte.

Вечером ему открыли дверь в гостиную.

Et il estimait que ces réparations étaient tout à fait adéquates.

И он считал, что эти компенсации вполне адекватны.

Avant le soir, il avait déjà commencé à surveiller la porte.

Ещё до наступления вечера он начал наблюдать за дверью.

Il était allongé dans l'obscurité, invisible depuis le salon.

Он лежал в темноте, невидимый из гостиной.

Il pouvait voir toute la famille à la table illuminée.

Он мог видеть всю семью за освещенным столом.

Il était désormais autorisé à écouter leurs conversations.

Теперь ему разрешили подслушать их разговоры.

C'était très différent de leur arrangement précédent.

Это сильно отличалось от их прежних договоренностей.

Les conversations animées d'autrefois étaient terminées.

Оживлённые беседы прежних времён подошли к концу.

C'étaient ces conversations qu'il désirait tant.

Именно таких разговоров он так жаждал.

Lorsqu'il dormait seul dans de petites chambres d'hôtel.

Когда он спал один в маленьких гостиничных номерах.

Quand il a dû se jeter dans les draps humides.

Когда ему пришлось броситься в мокрое постельное бельё.

Mais les soirées étaient désormais généralement calmes et sans incident.

Но теперь вечера в основном были тихими и ничем не примечательными.

Le père s'est endormi dans son fauteuil après le dîner.

После ужина отец заснул в кресле.

Et la mère et la sœur s'exhortaient mutuellement à se taire.

Мать и сестра уговаривали друг друга вести себя потише.

La mère, penchée très haut sur la lampe, cousait du lin.

Мать, склонившись над фонарем, шила льняные изделия.

Elle confectionne maintenant des robes pour l'un des magasins de mode.

Она шила платья для одного из нынешних магазинов модной одежды.

Comme Gregor, sa sœur avait trouvé un emploi de vendeuse.

Как и Грегор, сестра устроилась продавщицей.

Elle apprenait la sténographie et le français le soir.

По вечерам она изучала стенографию и французский язык.

Afin qu'elle puisse peut-être obtenir un meilleur poste plus tard.

Чтобы в будущем она могла получить более высокооплачиваемую работу.

Parfois, le père se réveillait de sa sieste du soir.

Иногда отец просыпался после вечернего сна.

« Chérie, tu as déjà cousu tellement longtemps aujourd'hui ! »

«Дорогая, ты сегодня уже так долго шишь!»

Il semblait avoir oublié qu'il dormait.

Казалось, он забыл, что спал.

Mais il retombait aussitôt dans son sommeil.

Но он тут же снова заснул.

Et la mère et la sœur s'échangèrent un sourire las.

Мать и сестра устало улыбнулись друг другу.

Le père avait développé une étrange nouvelle obstination.

У отца появилось странное новое упрямство.

Même chez lui, il refusait d'enlever son uniforme de domestique.

Даже дома он отказывался снимать свою форму слуги.

Et son peignoir pendait inutilement sur le cintre.

А его халат бесполезно висел на вешалке.

Le père dormit donc, tout habillé, dans son fauteuil.

Так отец, одетый, спал в своем кресле.

C'était comme s'il était toujours prêt à rendre service.

Казалось, он всегда был готов служить.

Comme s'il attendait simplement la voix de son supérieur.

Словно он только и ждал, что прозвучит голос его начальника.

Cela a eu pour conséquence que son uniforme a perdu sa propreté.

В результате его форма утратила свою чистоту.

Bien que l'uniforme ne fût pas neuf lorsqu'il l'a reçu.

Хотя форма и не была новой, когда он её получил.

Et la mère faisait de son mieux pour prendre soin de l'uniforme.

И мать изо всех сил старалась бережно относиться к форме.

Gregor passait des soirées entières à contempler cet uniforme.

Грегор проводил целые вечера, разглядывая эту форму.

Il observa le vieil homme dormir très mal.

Он наблюдал, как старик спал в крайне неудобном положении.

Mais dans son sommeil, il remarqua aussi quelque chose de paisible.

Но во сне он также заметил нечто умиротворяющее.

Lorsque l'horloge a sonné dix heures, la mère a essayé de le réveiller.

Когда часы пробили десять, мать попыталась его разбудить.

Elle lui parla doucement et le persuada d'aller se coucher.

Она говорила тихо и уговорила его лечь спать.

Parce que dormir sur un fauteuil, ce n'était pas du vrai sommeil.

Потому что спать в кресле — это не настоящий сон.

Il allait devoir commencer à travailler à six heures.

Ему предстояло начать работу в шесть часов.

Il avait donc vraiment besoin de dormir le mieux possible.

Поэтому ему действительно нужно было выспаться как можно лучше.

Mais il était pris d'une nouvelle forme d'obstination.

Но его охватило новое проявление упрямства.

Le fait de devenir serviteur avait commencé à avoir cet effet sur lui.

Став слугой, он начал испытывать на себе такое влияние.

Il insistait donc toujours pour rester plus longtemps à table.

Поэтому он всегда настаивал на том, чтобы подольше задержаться за столом.

Bien qu'il se rendormît régulièrement dans son fauteuil.

Хотя он снова регулярно засыпал в кресле.

Et il ne pouvait être déplacé qu'avec la plus grande difficulté.

И переместить его было крайне сложно.

Il a fallu lui dire que ce lit lui conviendrait mieux.

Ему пришлось объяснить, что в этой кровати ему будет удобнее.

La mère et la sœur ont dû insister, malgré quelques avertissements.

Матери и сестре пришлось настаивать, почти не предупреждая.

Pendant quinze minutes, il se contenta de secouer lentement la tête.

В течение пятнадцати минут он лишь медленно качал головой.

Et il garda les yeux fermés et refusa de se lever.

И он держал глаза закрытыми и отказывался вставать.

La mère tira doucement, mais fermement, sur sa manche.

Мать легонько, но уверенно потянула его за рукав.

Et elle lui murmurait des mots flatteurs à l'oreille, encore fatiguée.

И она шепнула ему на усталые уши лестные слова.

La sœur a interrompu sa tâche pour aider sa mère.

Сестра прервала свою работу, чтобы помочь матери.

Mais aucun de leurs efforts n'a fonctionné sur le père.

Но ни одна из их попыток не возымела действия на отца.

Il s'enfonça encore plus profondément dans son fauteuil, prêt à dormir.

Он еще глубже откинулся в кресле, готовясь заснуть.

Et finalement, les femmes l'ont attrapé sous les aisselles.

И наконец, женщины схватили его за подмышки.

Il ouvrit les yeux et les regarda tour à tour.

Он открыл глаза и поочередно смотрел на них.

« Quelle vie ! » se plaignit-il en allant se coucher.

«Вот это жизнь!» — пожаловался он, ложась спать.

« Est-ce là la paix qui m'a été accordée dans ma vieillesse ? »

«Неужели это тот покой, который мне дарован в старости?»

Mais alors, s'appuyant sur les deux femmes, il se leva maladroitement.

Но затем, опираясь на двух женщин, он неуклюже поднялся.

Il agissait comme s'il portait le fardeau le plus lourd.

Он вел себя так, словно на нем лежала самая тяжелая ноша.

Il laissa les deux femmes le conduire au fond de la pièce.

Он позволил двум женщинам отвести его в конец комнаты.

Là, il leur souhaita bonne nuit et poursuivit son chemin seul.

Там он пожелал им спокойной ночи и продолжил свой путь.

Mais la mère jeta précipitamment son nécessaire à couture.

Но мать поспешно бросила свой швейный набор.

Et la sœur posa elle aussi le stylo et le bloc-notes.

А сестра тоже отложила ручку и блокнот.

Et ils coururent derrière le père pour l'aider davantage.

И они побежали за отцом, чтобы помочь ему дальше.

Qui, dans cette famille surmenée, avait du temps à consacrer à Gregor ?

У кого в этой перегруженной работой семье нашлось время на Грегора?

Qui aurait pu lui accorder plus d'attention que nécessaire ?

Кто мог уделить ему больше внимания, чем было необходимо?

Le budget des ménages est devenu de plus en plus restreint.

Семейный бюджет становился все более ограниченным.

Finalement, pour faire des économies, ils ont dû licencier la bonne.

В конце концов, чтобы сэкономить деньги, им пришлось уволить горничную.

Elle fut remplacée par une femme à la carrure imposante et aux cheveux blancs.

Её заменила коренастая седовласая женщина.

Mais cette femme ne venait que le matin et le soir.

Но эта женщина приходила только по утрам и вечерам.

Et tout le travail le plus lourd et le plus pénible lui avait été réservé.

И вся самая тяжёлая и тяжёлая работа была предназначена для неё.

Toutes les autres tâches ménagères étaient prises en charge par la mère.

Все остальные домашние дела выполняла мать.

Il est même arrivé que plusieurs bijoux de famille soient vendus.

Случалось даже, что продавались различные фамильные драгоценности.

Des bijoux que les femmes avaient portés avec joie lors des festivités.

Украшения, которые женщины с удовольствием носили во время торжеств.

Gregor a appris cela lors d'une discussion générale.

Грегор узнал об этом из одной из общих дискуссий.

Le principal grief, cependant, portait sur autre chose.

Однако самая большая претензия касалась другого.

L'appartement était trop grand, mais ils ne pouvaient pas déménager.

Квартира была слишком большой, но они не могли съехать.

Il était impossible de déplacer Gregor.

У них не было никакой возможности переселить Грегора.

Mais Gregor comprit que ce n'était pas seulement une question de considération.

Но Грегор понял, что дело было не только в заботе.

Quelque chose d'autre les a empêchés de déménager ailleurs.

Их остановило другое обстоятельство.

Il aurait facilement pu être transporté dans une caisse appropriée.

Его можно было легко перевезти в подходящем ящике.

Leur sentiment de désespoir total les a paralysés.

Их чувство полной безнадежности сдерживало их.

Ils ne voulaient pas admettre que le malheur les avait frappés.

Они не хотели признавать, что их постигло несчастье.

Ils ont accompli ce que le monde exige des pauvres.

Они выполнили все требования мира к бедным людям.

Le père a apporté le petit déjeuner au jeune employé de banque.

Отец принес завтрак маленькому банковскому служащему.

La mère s'est sacrifiée pour laver le linge d'inconnus.

Мать пожертвовала собой ради стирки белья незнакомых людей.

La sœur faisait des allers-retours pour prendre les commandes des clients.

Сестра бегала туда-сюда, принимая заказы от покупателей.

Mais ils n'avaient tout simplement plus la force d'en faire plus.

Но у них просто не хватило сил сделать больше.

La blessure dans le dos de Gregor commença à le faire encore plus souffrir.

Рана на спине Грегора начала болеть еще сильнее.

Chaque soir, la mère et la sœur amenaient le père au lit.

Каждую ночь мать и сестра приводили отца в постель.

Ils laissèrent leur travail où il était et s'assirent ensemble.

Они оставили свою работу на месте и сели вместе.

Ils se rapprochèrent et s'assirent joue contre joue.

И они подошли ближе друг к другу и сели щека к щеке.

La mère désigna la pièce d'où il observait.

Мать указала на комнату, из которой он наблюдал.

« Pourriez-vous fermer la porte ? » demanda-t-elle à sa sœur.

«Не могли бы вы закрыть дверь?» — спросила она сестру.

Et Gregor se retrouva de nouveau seul dans le noir.

И тогда Грегор снова остался один в темноте.

Et dans la pièce voisine, la femme mêla leurs larmes.

А в соседней комнате женщина смешала их слезы.

Ou bien ils restaient assis, les yeux secs, fixant simplement la table.

Или же они сидели, не глядя, и просто смотрели на стол.

Gregor ne dormait pratiquement pas, ni la nuit ni le jour.

Грегор почти совсем не спал, ни днем, ни ночью.

Il réfléchissait souvent à la façon dont il pourrait aider sa famille.

Он часто думал о том, как мог бы помочь семье.

Il songea à gagner à nouveau de l'argent pour eux.

Он задумался о том, чтобы снова заработать для них деньги.

Il songea à faire ce qu'il faisait autrefois pour eux.

Он задумался о том, чтобы сделать для них то, что делал раньше.

Le représentant autorisé lui revint dans ses pensées.

В его мыслях вновь появился уполномоченный представитель.

Et cette fois, le patron est également venu à l'appartement.

И на этот раз в квартиру пришел и начальник.

Et les commis et les apprentis étaient là aussi.

Там были и клерки, и ученики.

Même le domestique un peu simplet est venu le voir.

Даже недалекий офисный служащий пришел его навестить.

Il y avait deux ou trois amis d'autres entreprises.

Там было два или три друга из других компаний.

Une des femmes de chambre d'un hôtel de province.

Одна из горничных из отеля в провинции.

Un souvenir précieux et fugace auquel il s'efforçait de s'accrocher.

Это было дорогое и мимолетное воспоминание, которое он пытался сохранить.

Une caissière d'une chapellerie pour laquelle il avait des intentions.

Кассир из шляпного магазина, к которой он испытывал нежные чувства.

Mais il avait été un peu trop lent à obtenir son approbation.

Но он немного запоздал, чтобы завоевать её расположение.

Ils lui apparurent tous, mêlés à des inconnus.

Все они возникали в его мыслях, смешанные с незнакомцами.

Et d'autres n'apparurent pas ; ils étaient déjà oubliés.

А другие так и не появились; о них уже забыли.

Mais ils ne l'ont pas aidé, ni lui, ni sa famille.

Но они не помогли ни ему, ни его семье.

Ils étaient inaccessibles, et il était content quand ils sont partis.

Они были недоступны, и он был рад, когда они ушли.

Il n'était pas toujours d'humeur à se soucier de sa famille.

Он не всегда был настроен беспокоиться о семье.

Et il était rempli de rage à cause de ce manque d'attention.

И его переполняла ярость из-за недостатка внимания.

Et il ne pouvait imaginer rien qui puisse lui faire envie.

И он не мог представить себе ничего, к чему бы у него был аппетит.

Mais il avait tout de même prévu de cambrioler le garde-manger.

Но он всё ещё планировал проникнуть в кладовку.

Et il allait prendre tout ce qui lui était dû.

И он собирался получить всё, что ему причиталось.

Sa sœur ne faisait plus aucun effort particulier pour lui.

Сестра больше не прилагала к нему никаких особых усилий.

Elle ne consacrait plus de temps à chercher à lui plaire.

Она больше не тратила время на мысли о том, как ему угодить.

Avant d'aller travailler, elle a rapidement glissé de la nourriture dans la pièce.

Перед работой она быстро принесла в комнату немного еды.

Et le soir venu, elle a rapidement ramassé les restes.

А вечером она быстро снова подмела остатки еды.

Elle ne faisait plus attention à savoir s'il avait mangé ou non.

Ел он или нет, она уже не замечала.

Le plus souvent, la nourriture restait intacte.

В последнее время еду чаще всего оставляли нетронутой.

Elle continuait de traverser la pièce rapidement le soir.

Вечером она по-прежнему быстро перемещалась по комнате.

Mais maintenant, elle se contentait du strict minimum, aussi vite que possible.

Но теперь она делала самый минимум необходимого, как можно быстрее.

Des traînées de saleté jonchaient les murs.

По стенам остались полосы грязи.

Des boules de poussière et de détritus jonchaient le sol.

На полу валялись комки пыли и мусора.

Gregor manifesta son désapprobation face à son manque d'attention.

Грегор выразил свое неодобрение ее безразличию.

Il se tourna selon un angle particulièrement significatif.

Он повернулся под особенно значительным углом.

Mais il aurait pu rester à ce poste pendant des semaines.

Но он мог бы оставаться на этом посту еще несколько недель.

Sa sœur n'aurait pas remarqué son mécontentement.

Его сестра не заметила бы его недовольства.

Elle voyait la saleté aussi bien que lui, voire mieux.

Она видела грязь так же хорошо, если не лучше, чем он.

Mais elle avait décidé de laisser la saleté où elle était.

Но она решила оставить грязь там, где она была.

À cette époque, elle a développé une sensibilité totalement nouvelle.

В тот момент она приобрела совершенно новый уровень восприятия.

Elle s'était donné pour mission de nettoyer la chambre de Gregor.

Она поручила уборку комнаты Грегора.

La famille a été touchée par sa gentillesse et sa prévenance.

Семью тронула её доброта и внимательность.

Une fois, sa mère avait nettoyé sa chambre de fond en comble.

Однажды мать тщательно убрала его комнату.

Ce n'est qu'après avoir utilisé plusieurs seaux d'eau qu'elle a réussi.

Ей удалось добиться успеха лишь после того, как она использовала несколько ведер воды.

Cependant, l'humidité nouvelle dans la pièce a nui à Gregor.

Однако появившаяся в комнате сырость навредила Грегору.

Et il gisait, étendu de tout son long, amer et immobile sur le canapé.

И он лежал на диване, весь в унынии, озлобленный и неподвижный.

Mais ce n'était que sa première punition pour avoir aidé.

Но это было лишь первое наказание за оказанную помощь.

La sœur remarqua rapidement le changement dans la chambre de Gregor.

Сестра быстро заметила перемены в комнате Грегора.

Et elle s'est précipitée dans le salon, extrêmement insultée.

И она вбежала в гостиную, крайне оскорбленная.

Sa mère leva les mains et tenta de la supplier.

Мать подняла руки и попыталась умолять ее.

Mais malgré une explication sincère, elle a éclaté en sanglots.

Но, несмотря на искреннее объяснение, она расплакалась.

Le père, bien sûr, sursauta et se leva de sa chaise.

Отец, разумеется, вздрогнул и вскочил со стула.

Et les deux parents regardaient, stupéfaits et impuissants.

А родители смотрели на это с изумлением и беспомощностью.

Et finalement, leurs émotions s'agitèrent elles aussi.

И в конце концов, их эмоции тоже пришли в возбуждение.

Le père a reproché à la mère ce qu'elle avait fait.

Отец упрекнул мать за содеянное.

« Tu aurais dû laisser la chambre à Grete pour qu'elle la nettoie. »

«Вам следовало оставить уборку в комнате Грете».

Grete a crié sur sa mère parce qu'elle avait nettoyé sa chambre.

Грета накричала на мать за то, что та убрала его комнату.

«Tu n'as plus jamais le droit de nettoyer sa chambre !»

«Тебе больше никогда не разрешат убирать его комнату!»

La mère a essayé d'entraîner le père dans la chambre.

Мать попыталась затащить отца в спальню.

La sœur resta seule dans la pièce, tremblante et sanglotant.

Сестра осталась в комнате, дрожа и рыдая.

Et elle frappa la table avec ses petits poings.

И она стучала по столу своими маленькими кулачками.

Et Gregor siffla bruyamment de colère contre eux tous.

И Грегор в гневе громко зашипел на всех них.

Pourquoi personne n'avait-il pensé à lui fermer la porte ?

Почему никому не пришло в голову закрыть для него дверь?

Ils auraient pu lui épargner ce spectacle et ce bruit.

Они могли бы избавить его от этого зрелища и шума.

Sa sœur était épuisée après être rentrée du travail.

Сестра очень устала, вернувшись с работы.

Et s'occuper de Gregor représentait encore plus de travail pour elle.

А уход за Грегором стал для неё ещё большей работой.

Mais cela ne signifie pas que la mère aurait dû le faire.

Но это не означало, что мать должна была это сделать.

Gregor, en revanche, ne doit pas être négligé.

Грегора же, напротив, не следует игнорировать.

Mais maintenant, ils avaient une nouvelle bonne qui pouvait faire ce genre de choses.

Но теперь у них появилась новая горничная, которая могла делать такие вещи.

Une veuve âgée à la charpente osseuse robuste.

Пожилая вдова с крепким телосложением.

Une stature qui l'a aidée à survivre à sa vie difficile.

Рост, который помог ей пережить трудную жизнь.

L'apparence de Gregor ne lui déplaisait pas vraiment.

Она не испытывала настоящей неприязни к внешности Грегора.

Elle avait ouvert la porte de la chambre de Gregor par inadvertance.

Она случайно открыла дверь в комнату Грегора.

Ce n'était pas par curiosité particulière à propos de la pièce.

Это было не из-за какого-либо особого любопытства к этой комнате.

Elle faisait simplement son travail et a ouvert la porte par hasard.

Она просто выполняла свою работу и случайно открыла дверь.

Gregor, bien sûr, fut complètement surpris par elle.

Грегор, разумеется, был совершенно удивлен ее поведением.

Il n'était pas poursuivi, mais il courait d'avant en arrière.

Его никто не преследовал, но он бегал туда-сюда.

Elle croisa simplement les bras et le regarda ramper.

А она просто скрестила руки и смотрела, как он ползет.

Depuis lors, elle lui entrouvrait toujours un peu la porte.

С тех пор она всегда немного приоткрывала для него дверь.

Un matin, elle a jeté un coup d'œil pour voir comment il allait.

Однажды утром она заглянула, чтобы узнать, как у него дела.

Et le soir, elle est allée prendre de ses nouvelles avant de partir.

А вечером, перед уходом, она навестила его.

Au début, elle a aussi essayé de l'appeler pour qu'il vienne la rejoindre.

Сначала она тоже пыталась позвать его к себе.

« Viens par ici, vieux bousier ! » disait-elle.

"Иди сюда, старый навозник!" — обычно говорила она.

Ou bien elle disait, amicalement : « Regardez ce vieux bousier ! »

Или она дружелюбно сказала: "Посмотрите на этого старого навозного жука!".

Gregor n'a jamais réagi lorsqu'on lui parlait de cette façon.

Грегор никогда не реагировал на подобные обращения.

Il resta là, immobile, et l'ignora.

Он оставался на месте, не двигаясь, и игнорировал её.

« Si seulement on lui avait expliqué comment faire correctement son travail. »

«Если бы только ей объяснили, как правильно выполнять свою работу».

« Au lieu de me déranger, elle devrait nettoyer ma chambre. »

«Вместо того чтобы меня беспокоить, ей следовало бы убрать мою комнату».

Tôt le matin, une forte pluie a frappé les fenêtres.

Однажды рано утром сильный дождь барабанил по окнам.

Peut-être la pluie était-elle déjà un signe du printemps à venir.

Возможно, дождь уже был предзнаменованием приближающейся весны.

La bonne recommença à lui parler de cette façon.

Служанка снова начала говорить с ним таким образом.

Gregor était tellement amer qu'il se tourna vers elle.

Грегор был настолько озлоблен, что повернулся к ней лицом.

Il était lent et infirme, mais c'était une sorte d'attaque.

Он был медлительным и немощным, но это было похоже на нападение.

La bonne, en revanche, n'avait absolument pas peur de Gregor.

Однако служанка совсем не боялась Грегора.

Au lieu de cela, elle souleva une chaise qui se trouvait près de la porte.

Вместо этого она подняла стул, стоявший у двери.

Et elle resta là, calmement, la bouche grande ouverte.

И она стояла там, спокойно, с широко открытым ртом.

Ses intentions étaient claires, même Gregor pouvait le voir.

Её намерения были очевидны, это понимал даже Грегор.

Et il se retourna lentement pour reprendre sa position initiale.

И он медленно повернулся, вернувшись на своё прежнее место.

« Donc vous ne voulez pas vous approcher davantage, n'est-ce pas ? »

"Значит, вы не хотите подходить ближе, да?"

Et elle remit discrètement la chaise dans le coin.

И она тихонько поставила стул обратно в угол.

Gregor ne mangeait presque plus rien.

Грегор почти ничего не ел.

Parfois, lors de ses promenades dans la pièce, il s'arrêtait.

Иногда, прогуливаясь по комнате, он останавливался.

Et il se retrouva à côté du repas qui lui avait été préparé.

И он оказался рядом с приготовленной для него едой.

Il mit la nourriture dans sa bouche, mais seulement pour jouer avec.

Он положил еду в рот, но только чтобы поиграть с ней.

Et bien souvent, il le recrachait quelques heures plus tard.

И довольно часто он выплевывал это снова через несколько часов.

Il essaya de trouver une raison à son manque d'appétit.

Он пытался найти причину отсутствия аппетита.

Peut-être parce qu'il était triste de l'état de sa chambre.

Возможно, потому что его огорчало состояние его комнаты.

Mais il s'était fait à l'idée des changements survenus dans la pièce.

Но он смирился с изменениями, произошедшими в комнате.

Récemment, sa chambre était devenue une sorte de débarras.

Недавно его комната превратилась в своего рода кладовку.

Ils avaient pris l'habitude de laisser des choses là.

У них вошло в привычку оставлять вещи там.

Et il restait maintenant beaucoup de choses de ce genre dans sa chambre.

И теперь в его комнате оставалось много подобных вещей.

Parce qu'une chambre de l'appartement avait été louée.

Потому что одна комната в квартире была сдана в аренду.

Trois messieurs sérieux louaient la chambre ensemble.

В комнате одновременно проживали трое серьезных джентльменов.

Gregor les avait aperçus un jour à travers une fente dans la porte.

Грегор однажды заметил их через щель в двери.

Ils portaient des barbes fournies et étaient habillés avec un soin méticuleux.

У них были густые бороды, и они были безупречно одеты.

Ils étaient scrupuleux quant à la propreté des lieux.

Они очень тщательно следили за порядком.

Leur obsession pour la propreté ne s'arrêtait pas à leur chambre.

Их настойчивое стремление к чистоте не ограничивалось их комнатой.

L'appartement entier devait être maintenu d'une propreté impeccable.

Всю квартиру нужно было содержать в идеальной чистоте.

Ils étaient encore plus pointilleux sur l'apparence de la cuisine.

Они были еще более придирчивы к внешнему виду кухни.

Et ils ne supportaient aucun encombrement inutile.

И они не могли терпеть никакого лишнего беспорядка.

Ils avaient également apporté leurs propres meubles.

Они также привезли с собой свою мебель.

C'est pourquoi beaucoup de choses étaient devenues superflues.

По этой причине многое стало излишним.

C'étaient des choses pour lesquelles personne n'aurait payé.

Это были вещи, за которые никто не стал бы платить деньги.

Mais la famille ne voulait pas non plus se débarrasser de ces objets.

Но семья также не хотела выбрасывать эти вещи.

Tous ces objets ont fini quelque part dans la chambre de Gregor.

Все эти вещи так или иначе оказались в комнате Грегора.

Le cendrier de la cuisine se trouvait désormais dans sa chambre.

Пепельница из кухни теперь хранилась в его комнате.

Et les ordures étaient entreposées dans sa chambre jusqu'au jour de la collecte.

А мусор хранился в его комнате до дня вывоза мусора.

La bonne a jeté dans sa chambre tout ce dont elle n'avait pas besoin.

Горничная бросала в его комнату все ненужное.

Heureusement, il n'a vu que la main et l'objet.

К счастью, он увидел лишь руку и предмет.

Elle comptait probablement revenir chercher les affaires plus tard.

Вероятно, она собиралась вернуться за этими вещами позже.

Ou peut-être voulait-elle tout jeter d'un coup.

А может, она хотела всё выбросить разом?

Cependant, tout est resté là où il s'était initialement posé.

Однако всё осталось на том же месте, где и приземлилось изначально.

À moins que Gregor n'ait déplacé les débris en se faufilant à travers.

Разве что Грегор сдвинул бы этот хлам, протиснувшись сквозь него.

Au début, il a été obligé de ramper à travers tous les détritus.

Поначалу ему приходилось проползать сквозь весь этот хлам.

Il lui était impossible d'éviter cela.

У него не было никакой возможности избежать этого.

Mais plus tard, il a finalement trouvé du plaisir dans cette activité.

Но позже он действительно стал получать удовольствие от этого занятия.

Bien que ces efforts l'aient laissé triste et profondément fatigué.

Хотя такие усилия оставили его в печали и глубокой усталости.

Et ensuite, il est resté incapable de bouger pendant de nombreuses heures.

А после этого он много часов не мог двигаться.

Les locataires prenaient parfois leurs repas dans le salon.

Иногда постояльцы обедали в гостиной.

La porte du salon restait fermée ces soirs-là.

В те вечера дверь в гостиную оставалась закрытой.

Mais Gregor n'avait aucune difficulté à ne pas ouvrir la porte à présent.

Но Грегору теперь не составляло труда не открывать дверь.

Même lorsque la porte était ouverte, il ne regardait pas toujours dehors.

Даже когда дверь была открыта, он не всегда выглядывал наружу.

Mais il s'allongea dans le coin le plus sombre de la pièce.

Но он укрылся в самом темном углу комнаты.

La famille n'a pas non plus remarqué son manque d'attention.

Семья тоже не заметила его невнимательности.

Mais une fois, la bonne a laissé la porte ouverte.

Но однажды горничная оставила дверь открытой.

La porte est restée ouverte même au retour des locataires.

Дверь оставалась открытой даже после возвращения постояльцев.

Et la porte était ouverte quand la lumière a été allumée.

Дверь была открыта, когда включили свет.

L'homme était assis à la table où la famille dînait.

Мужчина сидел за столом, за которым ужинала семья.

Autrefois, père, mère et Gregor étaient assis là.

В прежние времена там сидели отец, мать и Грегор.

Ils déplièrent les serviettes et prirent des couteaux et des fourchettes.

Они развернули салфетки и взяли ножи и вилки.

La mère apparut sur le seuil avec un bol de viande.

Мать появилась в дверях с миской мяса.

Puis sa sœur est entrée avec un bol plein de pommes de terre.

Затем вошла сестра с миской, полной картошки.

Les locataires se penchèrent sur les bols placés devant eux.

Постояльцы склонились над мисками, поставленными перед ними.

L'épaisse fumée des aliments leur montait jusqu'au nez.

Густой дым от еды поднимался им в нос.

Mais ils n'avaient pas encore décidé s'ils allaient manger.

Но они еще не решили, будут ли есть эту еду.

Peut-être renverraient-ils le plat en cuisine.

Возможно, они бы отправили еду обратно на кухню.

L'homme assis au milieu semblait être l'autorité.

Человек, сидевший посередине, казался авторитетом.

Il a coupé la viande pour déterminer si elle était suffisamment tendre.

Он разрезал мясо, чтобы определить, достаточно ли оно нежное.

Il était satisfait de l'odeur et de l'apparence des aliments.

Ему понравился запах и внешний вид еды.

La mère et la sœur les observaient avec anxiété.

Мать и сестра с тревогой наблюдали за ними.

Et ils commencèrent à sourire, poussant un soupir de soulagement accumulé.

И они начали улыбаться, вздыхая с накопившимся облегчением.

La famille allait elle-même manger dans la cuisine.

Члены семьи собирались обедать на кухне.

Mais avant cela, le père alla voir comment allaient les locataires.

Но сначала отец пошел проверить, что случилось с квартирантами.

Il s'inclina une fois, tenant sa casquette de travail à la main.

Он поклонился один раз, держа в руке свою рабочую кепку.

Et il fit le tour de la table, saluant chaque invité.

И он обошел стол по кругу, подходя к каждому гостю.

Les locataires se levèrent tous en marmonnant dans leur barbe.

Все постояльцы встали, что-то бормоча себе под нос.

Après son départ, ils mangèrent dans un silence presque complet.

После его ухода они ели почти в полной тишине.

Gregor trouvait étrange d'entendre des bruits de mastication.

Грегору показалось странным, что он слышит жевание.

Aucun autre aspect du repas ne semblait produire le moindre son.

Казалось, ни один другой аспект приема пищи не сопровождался никаким звуком.

Mais il pouvait distinctement entendre des dents grincer.

Но он отчётливо слышал, как скрежещут зубы.

Ils semblaient lui dire qu'il avait besoin de dents pour manger.

Казалось, они внушали ему, что для еды ему нужны зубы.

« On ne peut rien faire si on n'a plus de dents dans la mâchoire. »

«Без зубов ничего не получится».

« J'aimerais manger quelque chose », dit Gregor avec anxiété.

«Мне бы хотелось что-нибудь съесть», — с тревогой сказал Грегор.

« Mais je n'ai aucun appétit pour ce que vous mangez tous. »

«Но у меня нет аппетита к тому, что вы все едите».

« Regardez ces locataires manger, et moi je meurs de faim. »

«Посмотрите, как едят эти постояльцы, а я тут голодаю».

Ce soir-là, Gregor pensait justement au violon.

В тот вечер Грегор случайно подумал о скрипке.

Il n'avait plus entendu le violon depuis la transformation.

С момента переделки он не слышал скрипки.

Mais ce soir-là, un bruit est venu de la cuisine.

Но сегодня вечером из кухни послышался какой-то звук.

Les messieurs avaient déjà terminé leur repas du soir.

Джентльмены уже закончили ужинать.

L'homme du milieu avait commencé à lire un journal.

Мужчина посередине начал читать газету.

Il avait donné une feuille à chacun des deux autres messieurs.

Двое других джентльменов получили по одному листу бумаги.

Et maintenant, ils étaient affalés en arrière, en train de lire et de fumer.

Теперь они откинулись на спинки кресел, читали и курили.

Lorsque le violon commença à jouer, ils devinrent attentifs.

Когда заиграла скрипка, они внимательно слушали.

Ils se levèrent et marchèrent sur la pointe des pieds jusqu'à la porte de l'antichambre.

Они встали и на цыпочках направились к двери прихожей.

Ils se tenaient là, blottis les uns contre les autres, écoutant à la porte.

Они стояли, сбившись в кучу, и прислушивались к звукам у двери.

La famille a dû entendre les hommes qui étaient dans la cuisine.

Члены семьи, должно быть, услышали разговор мужчин на кухне.

Car le père les appela et leur demanda :

Потому что отец окликнул их и спросил;

« Le violon ne serait-il pas inconfortable pour ces messieurs ? »

«Возможно, скрипка неудобна для джентльменов?»

« Si la musique ne vous plaît pas, on peut s'arrêter immédiatement. »

«Если вам не нравится музыка, мы можем немедленно её остановить».

« Au contraire », dit celui du milieu des messieurs.

«Напротив», — ответили господа из средней части зала.

« La jeune fille aimerait-elle jouer du violon dans notre chambre ? »

«Не хотела бы молодая леди поиграть на скрипке в нашем номере?»

« C'est nettement plus confortable et chaleureux ici. »

«Здесь определенно намного комфортнее и уютнее».

Le père répondit comme s'il était lui-même le violoniste.

Отец отвечал так, словно сам был скрипачом.

« Oh, je vous en prie, ce serait merveilleux », s'écria le père.

«О, пожалуйста, это было бы чудесно!» — воскликнул отец.

Les messieurs retournèrent au salon et attendirent.

Джентльмены вернулись в гостиную и стали ждать.

Peu après, le père entra dans la pièce avec le pupitre.

Вскоре в комнату вошел отец с пюпитром.

La mère entra dans la pièce avec le livre de musique.

Мать вошла в комнату с музыкальной книгой.

Et la sœur entra dans la pièce avec le violon.

И тут в комнату вошла сестра со скрипкой.

Elle a calmement tout préparé pour jouer du violon.

Она спокойно подготовила все необходимое для игры на скрипке.

Les parents exagéraient leur politesse et leurs bonnes manières.

Родители чрезмерно проявляли вежливость и манеры.

Ils n'avaient jamais loué de chambres à des locataires auparavant.

Раньше они никогда не сдавали комнаты постояльцам.

Et ils n'osaient même pas s'asseoir sur leurs propres chaises.
И они даже не смели садиться на собственные стулья.
Au lieu de s'asseoir, le père s'appuya contre la porte.
Вместо того чтобы сесть, отец прислонился к двери.
Sa main droite était coincée entre deux boutons de son manteau.
Его правая рука находилась между двумя пуговицами пальто.
Un monsieur a toutefois offert une chaise à la mère.
Однако матери один джентльмен предложил стул.
Mais elle s'assit là où le monsieur avait placé la chaise.
Но она села там, где джентльмен поставил стул.
Et il n'avait pas placé la chaise à un endroit précis.
И он не поставил стул в какое-либо конкретное место.
La mère s'assit donc à l'écart de tout le monde, dans un coin.
Поэтому мать села отдельно от всех, в углу.
Et finalement, la sœur s'est mise à jouer du violon.
И наконец, сестра начала играть на скрипке.
Les parents, placés de part et d'autre, suivaient attentivement.
Родители, находившиеся по разные стороны баррикад, внимательно следили за происходящим.
Et ils observaient attentivement chacun des mouvements de sa main.
И они внимательно следили за каждым движением её руки.
Gregor était également attiré par le jeu du violon.
Грегора также привлекала игра на скрипке.
Et il s'aventura un peu plus loin hors de sa chambre.
И он отошёл немного дальше от своей комнаты.
Il avait déjà la tête dans le salon.
Он уже уткнулся головой в гостиную.
Il était très fier d'être très attentionné.
Раньше он очень гордился своей внимательностью и заботой о других.
Mais récemment, il ne remettait guère en question son manque d'attention.

Но в последнее время он почти не задавал вопросов по поводу своего безразличия.

Même s'il avait maintenant plus de raisons de se cacher qu'auparavant.

Хотя теперь у него было больше причин скрываться, чем раньше.

Parce que sa chambre était recouverte de poussière et de saletés diverses.

Потому что его комната была покрыта пылью и различной грязью.

Le moindre mouvement soulevait toutes sortes d'immondices.

Малейшее движение поднимало в воздух всевозможную грязь.

Toute cette saleté lui collait à la peau : poussière, cheveux, restes de nourriture.

Вся эта грязь прилипла к нему: пыль, волосы, остатки еды.

Il aurait pu frotter la saleté contre le tapis.

Он мог бы просто стереть грязь о ковер.

C'était quelque chose qu'il faisait plusieurs fois par jour.

Раньше он делал это несколько раз в день.

Mais son indifférence à tout était bien trop grande.

Но его безразличие ко всему было слишком велико.

Il n'avait donc pas peur d'aller un peu plus loin.

Поэтому он не боялся продвинуться немного дальше.

Et il s'est installé sur le sol impeccable du salon.

И он вышел на безупречно чистый пол в гостиной.

Cependant, personne ne l'a remarqué, ni ne lui a prêté attention.

Однако никто его не заметил и не обратил на него внимания.

La famille était complètement absorbée par le concert.

Вся семья была полностью поглощена концертом.

Les messieurs, quant à eux, ont d'abord battu en retraite.

Джентльмены же, напротив, сначала отступили.

Et ils se tenaient tout près, derrière le pupitre de la sœur.

И они стояли вплотную за пюпитром сестры.

S'ils avaient regardé, ils auraient pu voir les notes de musique.

Если бы они присмотрелись, то смогли бы увидеть ноты.

Cela aurait évidemment perturbé la sœur.

Это, конечно, расстроило бы сестру.

Alors, au lieu de s'asseoir, ils restèrent debout près de la fenêtre.

Затем они встали у окна, вместо того чтобы сесть.

Les mains dans les poches, ils continuaient à parler.

Они продолжали говорить, держа руки в карманах.

Ils restèrent là tandis que le père les observait avec anxiété.

Они оставались там, пока отец с тревогой наблюдал за ними.

On avait l'impression qu'ils avaient d'autres attentes.

Создавалось впечатление, что у них были другие ожидания.

Et il semblait vraiment qu'ils avaient été déçus.

И действительно казалось, что они были разочарованы.

Il semblait qu'ils en avaient assez du spectacle.

Похоже, им уже достаточно этого представления.

Ils avaient laissé le violon troubler leur tranquillité.

Они позволили скрипке нарушить их покой.

Et ils ne toléraient la musique que par politesse.

И они терпели эту музыку лишь из вежливости.

La façon dont ils ont dissipé la fumée était particulièrement troublante.

Особенно тревожным было то, как они рассеяли дым.

Et pourtant, elle jouait du violon avec une telle beauté.

И всё же она играла на скрипке так прекрасно.

Son visage était légèrement incliné sur le côté, sur le violon.

Ее лицо было слегка наклонено в сторону, к скрипке.

Son regard parcourait tristement les lignes de la musique.

Ее взгляд печально скользил по музыкальным строкам.

Gregor se sentait un peu plus attiré par le salon.

Грегор почувствовал, что его немного сильнее тянет в гостиную.

Il gardait la tête près du sol, mais regardait vers le haut.

Он держал голову близко к земле, но смотрел вверх.

Peut-être que de cette façon, le regard de sa sœur croiserait le sien.

Возможно, таким образом взгляд его сестры встретится с его глазами.

Peut-on vraiment dire qu'il n'était qu'un animal ?

Можно ли с уверенностью сказать, что он был просто животным?

Était-il un animal si la musique pouvait le captiver à ce point ?

Разве он был животным, если музыка могла так его очаровать?

Il avait l'impression qu'on lui montrait un chemin vers une nourriture inconnue.

Ему показалось, что ему указали путь к неведомому источнику питания.

C'était peut-être là le réconfort qui lui manquait.

Возможно, именно этого ему и не хватало.

Il était déterminé à rejoindre sa sœur.

Он был полон решимости добраться до своей сестры.

Il avait envie de tirer sur sa jupe pour attirer son attention.

Он хотел потянуть её за юбку, чтобы привлечь её внимание.

Il voulait lui faire comprendre qu'il l'invitait.

Он хотел дать ей понять, что это приглашение.

« Viens jouer du violon dans ma chambre », aurait-il voulu dire.

«Пойдем, поиграй на скрипке у меня в комнате», — хотел он сказать.

Il souhaitait qu'elle soit récompensée pour sa magnifique musique.

Он хотел, чтобы её наградили за её прекрасную музыку.

« Personne ici ne te récompense pour jouer du violon. »

«Здесь никто не наградит вас за игру на скрипке».

Il ne voulait plus la laisser sortir de sa chambre.

Он больше не хотел выпускать её из своей комнаты.

Il voulait qu'elle reste avec lui aussi longtemps qu'il vivrait.

Он хотел, чтобы она оставалась с ним до конца его жизни.
Pour la première fois, sa transformation eut un avantage.
Впервые его преображение принесло пользу.
Sa difformité allait enfin lui être utile.
Его деформация в конце концов должна была ему пригодиться.
Il voulait être présent simultanément aux quatre portes.
Он хотел оказаться одновременно у всех четырех дверей.
Il avait envie de les siffler et de leur cracher dessus de tous les côtés.
Ему хотелось шипеть и плевать на них со всех сторон.
Sa sœur ne devrait pas être forcée de rester avec lui.
Его сестру не следует принуждать оставаться с ним.
Il voulait qu'elle choisisse volontairement de rester avec lui.
Он хотел, чтобы она добровольно решила остаться с ним.
Elle allait s'asseoir à côté de lui et se pencher vers lui.
Она собиралась сесть рядом с ним и наклониться к нему.
Et il allait lui parler de l'école de musique.
И он собирался рассказать ей о музыкальной школе.
Il avait la ferme intention de l'envoyer à l'académie.
Он твердо намеревался отправить ее в академию.
Il en aurait parlé à tout le monde à Noël dernier.
Он бы рассказал об этом всем ещё в прошлое Рождество.
Noël était-il déjà passé ?
Неужели Рождество уже снова прошло?
Et il n'aurait laissé personne le dissuader.
И он не позволил бы никому отговорить его от этого.
Mais un accident malheureux a tout arrêté.
Но затем несчастный случай остановил всё.
La sœur aurait été submergée par l'émotion.
Сестру наверняка переполнили бы эмоции.
Et Gregor aurait alors grimpé jusqu'à son épaule.
А потом Грегор забрался бы ей на плечо.
Et il l'aurait réconfortée en l'embrassant dans le cou.
И он бы утешил её, поцеловав в шею.
« Monsieur Samsa ! » appela l'homme au milieu au père.
«Господин Самса!» — крикнул мужчина посередине отцу.

Il pointait Gregor du doigt.

Он указывал указательным пальцем вниз на Грегора.

Gregor traversait lentement le salon.

Грегор медленно передвигался по полу гостиной.

Le jeu du violon s'est très vite tu.

Игра на скрипке очень быстро затихла.

Celui du milieu sourit à ses amis.

Средний из троих мужчин улыбнулся своим друзьям.

Puis il secoua la tête et regarda Gregor.

Затем он покачал головой и снова посмотрел на Грегора.

Le père aurait pu forcer Gregor à retourner dans sa chambre.

Отец мог бы силой отвести Грегора обратно в его комнату.

Mais ce n'était pas la première action qu'il décida
d'entreprendre.

Но это было не первое, что он решил предпринять.

Il estimait qu'il était plus important de calmer ces messieurs.

Он посчитал, что важнее успокоить этих джентльменов.

Bien qu'ils ne fussent pas vraiment contrariés par Gregor.

Хотя Грегор их совсем не расстроил.

Gregor semblait plus divertissant que le jeu de violon.

Грегор показался мне более интересным персонажем, чем
игра на скрипке.

Il s'est précipité vers eux, les bras tendus.

Он бросился к ним с распростертыми объятиями.

Il faisait de son mieux pour leur cacher la vue de Gregor.

Он изо всех сил старался скрыть их взгляд на Грегора.

Et il a essayé de les faire retourner dans leur chambre.

И он попытался уговорить их вернуться в свою комнату.

Au contraire, cela les a un peu agacés.

Наоборот, это их немного разозлило.

Mais il était difficile de dire exactement ce qui les agaçait.

Но трудно было сказать, что именно их раздражало.

Le père gâchait le divertissement de la soirée.

Отец портил вечернее развлечение.

Mais ils venaient aussi d'apprendre l'existence de leur
nouveau colocataire.

Но они также только что узнали о своем новом соседе по квартире.

Ils levèrent les mains comme l'avait fait leur père.

Они подняли руки точно так же, как это сделал отец.

Ils ont exigé une explication immédiate du père.

Они потребовали от отца немедленных объяснений.

Ils tiraient nerveusement sur leur barbe, cherchant une réponse.

Они беспокойно дергали себя за бороды в поисках ответа.

Et ils reculèrent jusqu'à leur chambre, mais très lentement.

И они очень медленно, но назад, направились в свою комнату.

L'interruption avait plongé la sœur dans une sorte de transe.

Это прерывание погрузило сестру в транс.

Elle laissa pendre le violon et l'archet le long de son corps.

Она позволила скрипке и смычку повиснуть вдоль тела.

Et elle regarda la partition comme si elle jouait encore.

И она смотрела на ноты так, словно все еще играла.

Mais soudain, elle est revenue dans la pièce.

Но затем она внезапно вернулась в комнату.

Et elle avait désormais surmonté le sentiment d'être perdue.

И теперь она преодолела чувство растерянности.

Elle a posé l'instrument de musique sur les genoux de sa mère.

Она положила музыкальный инструмент на колени матери.

La mère était assise sur la chaise, respirant bruyamment.

Мать сидела на стуле, тяжело дыша.

Et puis la sœur a dû courir dans la pièce voisine.

А затем сестре пришлось убежать в соседнюю комнату.

Elle devait tout préparer pour les messieurs.

Ей нужно было всё подготовить для джентльменов.

Elle a jeté les couvertures et les coussins en l'air.

Она подбросила одеяла и подушки в воздух.

Et de ses mains expertes, elle a disposé toute la literie.

И своими умелыми руками она расставила все постельные принадлежности.

Elle avait terminé avant que les messieurs n'atteignent la pièce.

Она закончила говорить еще до того, как джентльмены вошли в комнату.

Et elle s'est éclipsée avant de les gêner.

И она незаметно ускользнула, прежде чем помешать им.

Le père semblait prisonnier de son propre entêtement.

Казалось, отца охватило собственное упрямство.

Et il oublia ainsi tout le respect qu'il devait à ses locataires.

И поэтому он забыл обо всем уважении, которое был должен своим арендаторам.

Il a insisté sans relâche jusqu'à ce que leur porte-parole s'y oppose.

Он настаивал и настаивал, пока их представитель не выразил протест.

Il a tapé du pied avec colère en arrivant à la porte.

Он сердито топнул ногой, подойдя к двери.

Et c'est ainsi qu'il immobilisa le père.

И таким образом он остановил отца.

« Par la présente, je déclare », commença-t-il en s'adressant à son propriétaire.

«Настоящим заявляю», — начал он обращаться к своему домовладельцу.

Et il leva la main, regardant toute la famille.

И он поднял руку, глядя на всю семью.

« En ce qui concerne l'état répugnant de la chambre ; »

«Что касается отвратительных условий в номере;»

Et il s'assurait que tous écoutaient ses paroles.

И он убедился, что все внимательно слушают его слова.

« Par la présente, je vous informe que je vais libérer ma chambre. »

«Настоящим уведомляю о своем намерении освободить комнату».

Et il a appuyé son propos en crachant par terre.

И в подтверждение своих слов он плюнул на землю.

« Je ne paierai pas non plus pour les jours que j'ai passés ici. »

«И я не буду платить за те дни, что прожил здесь».

Il n'était cependant pas entièrement satisfait de ce remboursement.

Однако он не был полностью удовлетворён этим возвратом средств.

« Et j'envisagerai de formuler d'autres demandes à votre encontre. »

«И я рассмотрю возможность предъявления вам других требований».

« Croyez-moi, de telles demandes seront très faciles à justifier. »

«Поверьте, такие требования будет очень легко обосновать».

Il resta silencieux et regarda droit devant lui, vers son père.

Он молчал и смотрел прямо перед собой, на отца.

Il semblait s'attendre à ce qu'il se passe quelque chose de plus.

Он, похоже, ожидал чего-то большего.

En fait, ses deux amis ont immédiatement eu la même idée.

На самом деле, двум его друзьям тут же пришла в голову та же идея.

« Nous annulons également nos réservations de chambres », ont-ils déclaré à l'unisson.

«Мы тоже отменяем бронирование номеров», — сказали они в унисон.

Il a alors saisi la poignée de la porte et l'a fermée.

Затем он схватился за дверную ручку и закрыл дверь.

Et dans un grand fracas, ils s'enfermèrent dans leur chambre.

И с громким хлопком они заперлись в своей комнате.

Le père s'est dirigé en titubant vers sa chaise, les mains tâtonnantes.

Отец, пошатываясь, дошёл до своего стула, шаря руками в поисках опоры.

Et il se laissa tomber sur la chaise, vaincu.

И он, побежденный, рухнул в кресло.

On aurait dit qu'il allait faire sa sieste habituelle du soir.

По всей видимости, он собирался вздремнуть, как обычно, вечером.

Mais sa tête hocha presque comme si elle n'était pas soutenue.

Но его голова кивала так, словно её никто не поддерживал.

Et on pouvait voir qu'il ne dormait pas du tout.

И было видно, что он совсем не спал.

Durant tout ce temps, Gregor n'avait pas bougé de sa place.

Всё это время Грегор не сдвинулся с места.

Il était toujours là où les messieurs l'avaient aperçu pour la première fois.

Он по-прежнему находился там, где его впервые увидели эти джентльмены.

Même s'il avait voulu déménager, il trouvait cela impossible.

Даже если бы он захотел переехать, он бы обнаружил, что это невозможно.

À cause de sa déception, ou à cause de sa faim.

Из-за разочарования или из-за голода.

Il était déçu par l'échec de son plan.

Он был разочарован провалом своего плана.

Et il était affaibli par la faim persistante qu'il ressentait.

Он был слаб от продолжительного чувства голода.

Il était certain que tout le monde se retournerait contre lui à tout moment.

Он был уверен, что в любой момент все отвернутся от него.

C'est avec cette certitude d'un effondrement imminent qu'il attendit.

Он ждал, предчувствуя неминуемый крах.

Le violon commença à glisser des genoux de sa mère.

Скрипка начала соскальзывать с колен матери.

Dans un fracas retentissant, le violon tomba au sol.

С оглушительным грохотом скрипка упала на землю.

Mais même ce bruit soudain et fracassant ne l'a pas surpris.

Но даже этот внезапный грохот его не испугал.

« Chers parents, dit la sœur, cela ne peut pas continuer. »

«Дорогие родители, — сказала сестра, — так продолжаться не может».

Et elle a frappé du poing sur la table pour appuyer ses propos.

И она с силой ударила рукой по столу, чтобы подчеркнуть свою мысль.

« Je ne prononcerai pas le nom de mon frère devant ce monstre. »

«Я не произнесу имени своего брата перед этим чудовищем».

« C'est pourquoi je le dis aussi crûment que possible : »

«Поэтому я и говорю это максимально прямо:»

«Nous n'avons pas d'autre choix que de nous débarrasser de cet animal.»

«У нас нет другого выбора, кроме как избавиться от этого животного».

« Nous avons fait de notre mieux pour tolérer et prendre soin de cet animal. »

«Мы сделали все возможное, чтобы терпеть это животное и заботиться о нем».

« Je ne pense pas que quiconque puisse nous blâmer, même légèrement. »

«Я думаю, никто не может нас ни в малейшей степени винить».

« Elle a mille fois raison », a acquiescé le père.

«Она в тысячу раз права», — согласился отец.

La mère n'avait pas encore complètement repris son souffle.

Мать до сих пор не полностью восстановила дыхание.

Elle se mit à tousser sourdement dans sa main, la respiration lourde.

Она начала глухо кашлять в руку, тяжело дыша.

Et une expression de folie commença à apparaître dans ses yeux.

И в её глазах начало появляться безумное выражение.

La sœur s'est précipitée vers sa mère et lui a pris le front.

Сестра бросилась к матери и прижала руку ко лбу.

Les paroles de la sœur semblaient inspirer le père.

Слова сестры, похоже, вдохновили отца.

Et ses pensées semblaient plus claires qu'auparavant.

И его мысли, казалось, стали яснее, чем прежде.

Il cessa d'acquiescer et se redressa.

Он перестал кивать головой и снова выпрямился.

Et il jouait avec la casquette de son serviteur, plongé dans ses pensées.

И он, погруженный в размышления, играл с шапкой своего слуги.

Les assiettes des locataires étaient encore sur la table.

Тарелки, оставленные жильцами, всё ещё лежали на столе.

Et il regardait parfois vers Gregor, qui restait silencieux.

Иногда он поглядывал на молчаливого Грегора.

« Nous devons essayer de nous en débarrasser », lui dit sa sœur.

«Мы должны попытаться избавиться от этого», — сказала ему сестра.

La mère était trop occupée à tousser pour écouter.

Мать была слишком занята кашлем, чтобы слушать.

« Ça va vous tuer tous les deux, je le vois déjà venir. »

«Это вас обоих убьёт, я уже вижу, как это происходит».

«Nous ne pouvons pas tous continuer à travailler aussi dur que nous le faisons.»

«Мы не можем все продолжать работать так усердно, как сейчас».

« Et chaque jour, nous devons rentrer chez nous et subir ce supplice. »

«И каждый день нам приходится возвращаться домой и снова сталкиваться с этими пытками».

« Nous n'en pouvons plus. Je n'en peux plus. »

«Мы больше не можем это терпеть. Я больше не могу это терпеть».

Elle s'est effondrée dans les bras de sa mère, en larmes une dernière fois.

В последний раз она упала к матери, обрушив на нее поток слез.

Les larmes coulèrent sur son visage et sur celui de sa mère.

Слезы текли по ее лицу и падали на лицо матери.

Et elle essuya ses larmes d'un geste machinal.

И она механически вытерла слезы.

« Mon enfant », dit le père d'une voix compatissante.

«Дитя моё», — сказал отец сочувствующим голосом.

Il y avait une profonde sympathie et une grande compréhension dans sa voix.

В его голосе звучали глубокое сочувствие и понимание.

« Mais que devons-nous faire ? » avoua-t-il ne pas savoir.

«Но что же нам делать?» — признался он, что не знает.

La sœur haussa simplement les épaules, impuissante.

Сестра лишь беспомощно пожала плечами.

Et sa confiance d'antan fit de nouveau place aux larmes.

И ее прежнюю уверенность снова сменили слезы.

« Si seulement il nous comprenait », dit le père à voix haute.

«Если бы он только нас понимал», — сказал отец вслух.

Et il se demandait à moitié si Gregor avait compris.

И он полузадумался, может быть, Грегор его понял.

La sœur lui a secoué la main violemment en pleurant.

Сестра лишь яростно трясла ей руку, плача.

Elle a donc indiqué qu'il ne fallait pas envisager cette idée.

И поэтому она дала понять, что об этой идее не стоит даже думать.

« Mais si seulement il nous comprenait », répéta le père.

«Если бы только он нас понимал», — повторил отец.

Les yeux fermés, il réfléchit à la réponse de sa sœur.

Закрыв глаза, он обдумал ответ сестры.

« S'il comprenait qu'un accord pouvait être conclu avec lui. »

«Если бы он понял, что с ним можно было бы заключить соглашение».

« Mais vu la situation actuelle… »

«Но учитывая сложившуюся ситуацию...»

«Il faut l'enlever,» s'écria la sœur, «c'est la seule solution.»

«Это должно произойти, — воскликнула сестра, — это единственный выход».

«Il faut vous débarrasser de l'idée que c'est Gregor.»

«Нужно избавиться от мысли, что это Грегор».

« Notre véritable malheur, c'est d'y avoir cru si longtemps. »

«Настоящее наше несчастье в том, что мы так долго в это верили».

« Mais comment est-ce possible que ce soit Gregor ? » demanda-t-elle à son père.

«Но как это может быть Грегор?» — спросила она отца.

« Il savait qu'un tel animal ne pouvait pas coexister avec les humains. »

«Он знал, что такое животное не может сосуществовать с людьми».

« Gregor nous aurait quittés depuis longtemps, volontairement. »

«Грегор давно бы покинул нас по собственной воле».

« C'est vrai, nous n'aurions alors plus de frère. »

«Это правда, тогда у нас не было бы брата».

« Mais nous pourrions continuer à vivre et à honorer sa mémoire. »

«Но мы могли бы продолжать жить и чтить его память».

« Mais cette bête nous poursuit et chasse nos locataires. »

«Но это чудовище преследует нас и отпугивает наших арендаторов».

« De toute évidence, il veut s'emparer de tout l'appartement. »

«Очевидно, оно хочет захватить всю квартиру».

« Cette bête veut nous faire dormir dans la rue. »

«Этот зверь хочет заставить нас спать на улице».

« Regarde, papa, » s'écria-t-elle soudain, « il bouge à nouveau ! »

«Смотри, папа, — вдруг воскликнула она, — он снова шевелится!»

Et elle fit quelque chose que même Gregor ne put comprendre.

И она сделала то, чего не смог понять даже Грегор.

Elle se repoussa, comme pour sacrifier sa mère.

Она оттолкнула себя, словно принося в жертву мать.

Et elle a couru derrière son père pour trouver une sorte de sécurité.

И она побежала за отцом, чтобы хоть как-то укрыться.

Le père n'était agité que parce que sa fille l'était.

Отец был взволнован только потому, что была взволнована его дочь.

Mais lui aussi se leva et leva les bras au-dessus d'elle.

Но затем он тоже встал и поднял руки над ней.

Mais Gregor n'avait aucune intention d'effrayer qui que ce soit.

Но Грегор не собирался никого пугать.

Il n'avait surtout aucune intention d'effrayer sa sœur.

У него и в голову не приходило напугать сестру.

Il essayait simplement de faire demi-tour pour retourner dans sa chambre.

Он просто пытался развернуться и вернуться в свою комнату.

Mais, compte tenu de l'aggravation de son état, même cela devenait difficile.

Но в условиях его ухудшающегося состояния даже это было сложно.

Et il ne pouvait plus se servir pleinement de ses jambes.

И он уже не мог в полной мере пользоваться всеми ногами.

Il utilisa donc sa tête pour soulever son corps et se retourner.

Поэтому он использовал голову, чтобы приподнять тело и повернуться.

Il marqua une pause et chercha l'approbation de sa famille du regard.

Он сделал паузу и огляделся в поисках одобрения семьи.

Il semble que sa bonne intention ait été reconnue.

Похоже, его благие намерения были оценены по достоинству.

Son mouvement ne leur avait procuré qu'un choc momentané.

Его движение вызвало у них лишь кратковременный шок.

À présent, ils le regardaient tous en silence, visiblement malheureux.

Теперь все они смотрели на него в несчастливом молчании.

La mère était toujours allongée dans le fauteuil, épuisée.

Мать все еще лежала в кресле, измученная.

Le père et la sœur étaient assis l'un à côté de l'autre.

Отец и сестра сидели рядом.

« Peut-être qu'ils me laisseront faire demi-tour maintenant », pensa Gregor.

«Может, теперь мне разрешат развернуться», — подумал Грегор.

Et il continua à effectuer son mouvement de rotation maladroit.

И он продолжал совершать свои неуклюжие повороты.

Il ne pouvait réprimer les halètements occasionnels dus à l'effort.

Он не мог сдержать периодические вздохи, вызванные физическим напряжением.

Et il a été contraint de se reposer à plusieurs reprises entre-temps.

И ему приходилось несколько раз отдыхать в перерывах между отдыхом.

Plus personne ne le pressait ; c'était à lui de décider.

Теперь его никто не заставлял спешить; все было предоставлено ему самим.

Finalement, il acheva ce virage lent et douloureux.

В конце концов он завершил медленный и мучительный поворот.

Il se dirigea aussitôt vers sa chambre.

Он тут же направился обратно в свою комнату.

Il était stupéfait de la distance qui le séparait de sa chambre.

Он был поражен тем, как далеко от своей комнаты он находится.

Comment, malgré sa faiblesse, avait-il réussi à y parvenir auparavant ?

Как, несмотря на свою слабость, ему удалось оказаться там раньше?

Il avait emprunté presque le même chemin sans s'en apercevoir.

Он проделал почти тот же путь, даже не заметив этого.

Il se concentrait simplement sur le fait de ramper aussi vite qu'il le pouvait.

Теперь он просто сосредоточился на том, чтобы ползти как можно быстрее.

L'absence de commentaires ne le dérangeait pas.

Отсутствие комментариев с чьей-либо стороны его нисколько не беспокоило.

Ce n'est que lorsqu'il fut déjà à l'intérieur qu'il tourna la tête.

Он повернул голову лишь тогда, когда уже вошёл в дверь.

Mais il n'a pas pu se retourner complètement.

Но он не смог полностью обернуться, чтобы посмотреть назад.

Car il sentit sa nuque se raidir encore davantage en se tournant.

Потому что он почувствовал, как его шея еще сильнее напряглась, когда он повернулся.

Mais il constata que rien n'avait changé derrière lui.

Но он увидел, что за его спиной ничего не изменилось.

La seule différence, c'est que sa sœur s'était levée.

Единственное отличие заключалось в том, что его сестра встала.

Son dernier regard lui montra que sa mère s'était endormie.

Последний взгляд, который он бросил, показал, что его мать уснула.

Dès qu'il fut entré dans sa chambre, la porte fut fermée.

Как только он вошёл в свою комнату, дверь тут же закрылась.

Et dès que la porte fut fermée, le verrouilla.

И как только дверь закрылась, замок заперся.

Gregor fut effrayé par le bruit inattendu derrière lui.

Грегора напугал неожиданный шум позади.

Et ses jambes fléchirent sous lui, surprises par la soudaineté.

И от внезапного удивления у него подкосились ноги.

C'est sa sœur qui s'était précipitée vers la porte derrière lui.

Это была сестра, которая бросилась к двери вслед за ним.

Elle s'était déjà dressée, et l'attendait.

Она уже стояла там прямо и ждала его.

Elle fit alors un petit saut en avant sans que Gregor ne l'entende.

Затем она тихонько прыгнула вперёд, так что Грегор её не услышал.

« Enfin ! » s'écria-t-elle en tournant la clé.

"Наконец-то!" — воскликнула она вслух, поворачивая ключ.

« Et maintenant ? » se demanda Gregor, seul dans l'obscurité.

«Что теперь делать?» — спросил себя Грегор, оставшись один в темноте.

Il s'aperçut bientôt qu'il ne pouvait plus bouger du tout.

Вскоре он обнаружил, что больше совсем не может двигаться.

Mais son immobilité ne le surprenait pas vraiment.

Но его неподвижность его особо не удивила.

Pouvoir se déplacer sur des jambes aussi fines semblait ridicule.

Передвигаться на таких тонких ногах казалось нелепым.

Il ne savait pas comment il avait pu y parvenir.

Он сам не понимал, как ему это раньше удавалось.

Mais à part ça, il se sentait relativement à l'aise.

Но помимо этого он чувствовал себя относительно комфортно.

Il est vrai qu'il ressentait une douleur intense dans tout le corps.

Это правда, что он испытывал сильную боль по всему телу.

Mais la douleur semblait s'atténuer de plus en plus.

Но боль, казалось, становилась все слабее и слабее.

Et il avait l'impression que la douleur finirait par disparaître.

И ему казалось, что боль в конце концов исчезнет.

Il sentait à peine la pomme pourrie dans son dos.

Он почти перестал чувствовать это гнилое яблоко у себя в спине.

Il repensa à sa famille avec émotion et amour.

Он с волнением и любовью вспоминал свою семью.

Il ressentait les émotions de sa sœur encore plus intensément qu'elle.

Он чувствовал эмоции своей сестры даже сильнее, чем она сама.

Elle avait raison ; il devait partir.

Она была права в своих словах; он должен был уйти.

Il passa quelque temps dans cet état désert et paisible.

Он провел некоторое время в этом пустом и мирном месте.

L'horloge sonna trois fois, doucement mais fermement.

Часы пробили три раза, тихо, но отчетливо.

Gregor fut doucement tiré de ses pensées.

Грегора мягко вывели из задумчивости.

Il regarda la lumière du matin pénétrer lentement dans sa chambre.

Он наблюдал, как утренний свет медленно проникает в его комнату.

Puis sa tête s'affaissa complètement, malgré lui.

Затем, против его воли, он полностью опустил голову.

Et son dernier souffle s'échappa faiblement de ses narines.

И последний вздох слабо вырвался из его ноздрей.

La femme de chambre est entrée dans sa chambre tôt le matin.

Горничная пришла в его комнату рано утром.

Elle n'a rien trouvé d'inhabituel lors de sa courte visite habituelle.

Во время своего обычного короткого визита она не обнаружила ничего необычного.

À bout de forces et dans la précipitation, elle claqua toutes les portes.

Она, обессилев и отчаявшись, захлопнула все двери.

Il était impossible de dormir paisiblement dans tout l'appartement.

Во всей квартире невозможно было спокойно выспаться.

On lui avait demandé d'éviter de faire cela le matin.

Ей было рекомендовано избегать этого по утрам.
Elle pensait qu'il restait allongé là, immobile, exprès.
Она думала, что он лежит там так неподвижно
специально.
Peut-être voulait-il lui montrer qu'il était offensé.
Возможно, он хотел показать ей, что обиделся.
**Elle lui faisait confiance et pensait qu'il était doté d'une
intelligence hors du commun.**
Она доверяла ему и верила, что он обладает самыми
разными способностями.
Il se trouve qu'elle tenait le long balai à la main.
Так получилось, что в руке она держала длинную метлу.
**Alors, depuis la porte, elle essaya de chatouiller un peu
Gregor.**
Поэтому, стоя у двери, она попыталась немного
пощекотать Грегора.
Elle était un peu agacée qu'il ne réponde pas du tout.
Она была немного раздражена тем, что он вообще никак
не отреагировал.
Alors cette fois, elle le poussa un peu plus fermement.
Поэтому на этот раз она толкнула его чуть сильнее.
**Comme il n'opposait aucune résistance, elle l'examina de
plus près.**
Когда он не оказал сопротивления, она присмотрелась
повнимательнее.
**Elle comprit rapidement ce qui était réellement arrivé à
Gregor.**
Вскоре она поняла, что на самом деле произошло с
Грегором.
Elle ouvrit davantage les yeux et siffla pour elle-même.
Она широко раскрыла глаза и присвистнула про себя.
Mais elle n'a pas tardé à ouvrir la porte.
Но она не стала терять времени и открыла дверь.
Et elle cria d'une voix forte dans l'obscurité :
И она громко крикнула в темноту:
«Viens voir, il est là, complètement mort.»
«Посмотрите, вот оно лежит, совершенно мертвое».

Les deux parents étaient assis bien droits dans leur lit conjugal.

Оба родителя сидели прямо в своей супружеской постели.

Il leur fallait d'abord surmonter le choc du bruit.

Сначала им пришлось преодолеть шок от шума.

Mais peu à peu, ils ont commencé à comprendre son message.

Но затем они постепенно начали понимать ее послание.

Monsieur et Madame Samsa ont chacun sauté de leur côté du lit.

Господин и госпожа Самса выпрыгнули из своих кроватей.

M. Samsa jeta l'épaisse couverture sur ses épaules.

Господин Самса накинул на плечи толстое одеяло.

Et Mme Samsa sortit vêtue uniquement de sa chemise de nuit.

А госпожа Самса вышла, одетая лишь в ночную рубашку.

C'est ainsi qu'ils entrèrent dans la chambre de Gregor.

Вот так они и вошли в комнату Грегора.

Entre-temps, la porte du salon s'était également ouverte.

Тем временем дверь в гостиную тоже открылась.

Grete y dormait depuis l'emménagement des locataires.

Грете спала там с тех пор, как въехали жильцы.

Elle était entièrement habillée comme si elle n'avait pas dormi du tout.

Она была одета так, словно совсем не спала.

Son visage pâle semblait également témoigner de son manque de sommeil.

Ее бледное лицо также, по-видимому, свидетельствовало о недостатке сна.

« Il est mort ? » demanda Mme Samsa en regardant la bonne.

«Он мертв?» — спросила госпожа Самса, глядя на служанку.

Elle aurait pu le confirmer en le regardant elle-même.

Она могла бы убедиться в этом, взглянув на него сама.

« Je le crois », dit la bonne en ramassant le balai.

«Думаю, да», — сказала служанка, поднимая метлу.

Et elle a poussé son corps sur une longue distance à travers le sol.

И она оттолкнула его тело далеко по полу.

Mme Samsa fit un mouvement comme si elle voulait l'arrêter.

Госпожа Самса сделала движение, словно хотела ее остановить.

Mais finalement, elle a laissé la bonne faire glisser Gregor.

Но в конце концов она позволила служанке поводить Грегора по комнате.

« Eh bien, » dit M. Samsa, « enfin nous pouvons remercier Dieu. »

«Что ж, — сказал господин Самса, — наконец-то мы можем поблагодарить Бога».

Il fit le signe de croix : tête, poitrine, épaules.

Он перекрестился: головой, грудью, плечами.

Et les trois femmes suivirent son exemple religieux.

И три женщины последовали его религиозному примеру.

Grete, qui ne quittait pas le cadavre des yeux, dit :

Грета, не отрывая взгляда от трупа, сказала:

«Regardez comme il est maigre, il n'a pas mangé depuis si longtemps.»

«Посмотрите, какой он худой, он так давно ничего не ел».

« La nourriture que je lui laissais chaque matin restait toujours intacte. »

«Еда, которую я оставлял ему каждое утро, всегда оставалась нетронутой».

En fait, le corps de Gregor était complètement plat et sec.

На самом деле тело Грегора было совершенно плоским и сухим.

C'était plus visible maintenant qu'il était au sol.

Теперь, когда он лежал на земле, это стало еще более очевидно.

Parce que son corps n'était plus soutenu par ses jambes.

Потому что его тело больше не поднималось ногами.

Et parce que rien d'autre ne venait distraire la vue.

И потому что ничто другое не отвлекало от пейзажа.

«Viens avec nous un moment, Grete», dit Mme Samsa.

«Пойдем с нами ненадолго, Грете», — сказала госпожа Самса.

Un sourire douloureux se dessinait sur ses lèvres lorsqu'elle parlait.

На ее губах играла болезненная улыбка, когда она говорила.

Grete les suivit, mais jeta aussi un coup d'œil en arrière au cadavre.

Грете последовала за ними, но также оглянулась на труп.

La bonne ferma la porte et ouvrit grand la fenêtre.

Горничная закрыла дверь и полностью открыла окно.

Il était encore tôt, l'air était donc normalement froid.

Было ещё рано, поэтому воздух обычно был холодным.

Mais il y avait aussi un mélange de chaleur dans l'air froid.

Но в холодном воздухе также ощущалось тепло.

Comme un doux rappel que c'était désormais la fin du mois de mars.

Словно мягкое напоминание о том, что уже конец марта.

Les trois locataires sortirent alors eux aussi de leur chambre.

Все трое жильцов тоже вышли из своих комнат.

Ils cherchèrent leur petit-déjeuner avec étonnement.

Они с изумлением огляделись в поисках завтрака.

Le petit-déjeuner a été oublié à cause de ce que la femme de chambre a trouvé.

Завтрак был забыт из-за того, что обнаружила горничная.

« Où est le petit-déjeuner ? » grommela l'homme du milieu.

«А где завтрак?» — проворчал мужчина посередине.

La bonne porta son doigt à sa bouche pour demander le silence.

Служанка приложила палец к губам, приказывая замолчать.

Et elle salua les messieurs d'un geste rapide et silencieux.

И она поспешно и молча помахала рукой этим джентльменам.

La servante fit entrer les trois messieurs dans la pièce.

Горничная проводила трех джентльменов в комнату.

Et elle a continué à leur expliquer ce qui s'était passé.

И она продолжила объяснять им, что произошло.

Et les trois messieurs se tinrent autour du corps de Gregor.

И трое господ окружили тело Грегора.

Les mains dans les poches, ils baissèrent les yeux.

Засунув руки в карманы, они опустили взгляд.

La lumière du matin inondait désormais complètement la pièce.

Утренний свет полностью залил комнату.

La porte de la chambre s'ouvrit alors et M. Samsa apparut.

Затем дверь спальни открылась, и появился господин Самса.

D'un côté se trouvait sa femme, et de l'autre sa fille.

С одной стороны сидела его жена, а с другой — его дочь.

M. Samsa portait déjà son uniforme.

К этому моменту господин Самса уже был одет в форму.

On pouvait voir qu'ils avaient tous un peu pleuré.

Было видно, что все они немного плакали.

Grete pressa son visage contre le bras de son père.

Грете прижалась лицом к руке отца.

« Quittez mon appartement immédiatement ! » ordonna M. Samsa.

«Немедленно покиньте мою квартиру!» — приказал господин Самса.

Et il désigna la porte sans laisser partir les femmes.

И он указал на дверь, не отпуская женщин.

« Que voulez-vous dire ? » demanda l'intermédiaire, déconcerté.

«Что вы имеете в виду?» — растерянно спросил посредник.

Et il fit de son mieux pour sourire gentiment à M. Samsa.

И он изо всех сил старался мило улыбнуться господину Самсе.

Les deux autres tenaient leurs mains derrière leur dos.

Двое других держали руки за спиной.

Et ils se frottèrent les mains d'impatience.

И они потирали руки в предвкушении.

Ils semblaient s'attendre à une violente dispute.
Они, похоже, ожидали громкой ссоры.
Mais ils semblaient se réjouir de la dispute à venir.
Но, похоже, они были рады предстоящему спору.
Ils pensaient que le litige tournerait à leur avantage.
Они считали, что спор сложится в их пользу.
« Je maintiens exactement ce que je viens de dire », a répondu M. Samsa.
«Я имею в виду именно то, что только что сказал», — ответил г-н Самса.
Il marchait en ligne droite avec ses deux compagnons.
Он шел по прямой линии вместе со своими двумя спутниками.
Et M. Samsa s'est adressé directement à leur responsable.
И господин Самса напрямую подошел к их главному джентльмену.
Le monsieur resta d'abord immobile, le regard fixé au sol.
Сначала мужчина замер, глядя в землю.
Le contenu de sa tête était encore en train de se réorganiser.
Содержимое его головы всё ещё упорядочивалось.
« Très bien, nous y allons », dit-il en levant les yeux vers M. Samsa.
«Хорошо, мы пойдем», — сказал он и поднял взгляд на господина Самсу.
Une nouvelle humilité semblait l'avoir soudainement envahi.
Казалось, его внезапно охватило новое чувство смирения.
Et il semblait demander la permission pour cette décision.
И, похоже, он спрашивал разрешения на это решение.
M. Samsa ouvrit grand les yeux et hocha légèrement la tête.
Господин Самса широко раскрыл глаза и слегка кивнул.
Les messieurs obéirent immédiatement à son ordre.
Господа немедленно подчинились его приказу.
Et ils ont effectivement fait de longues enjambées dans le couloir.
И они действительно сделали несколько длинных шагов в коридор.

Ses amis avaient déjà cessé de se frotter les mains.

Его друзья уже перестали потирать руки.

Ils avaient écouté le déroulement de la conversation.

Они внимательно слушали, как проходил разговор.

Et maintenant, ils couraient après lui, comme pris de peur.

И теперь они бежали за ним, словно в страхе.

M. Samsa pourrait encore les isoler de leur chef.

Господин Самса всё ещё может изолировать их от их лидера.

Ils ont sorti leurs bâtons du récipient.

Они вытащили свои палочки из контейнера.

Et ils s'inclinèrent en silence avant de quitter l'appartement.

И они молча поклонились, прежде чем покинуть квартиру.

M. Samsa et les deux femmes sortirent sur le parvis.

Господин Самса и две женщины вышли с площадки перед домом.

Mais en réalité, ils n'avaient aucune raison de se méfier de ces hommes.

Но на самом деле у них не было причин не доверять этим мужчинам.

Ils s'appuyèrent sur la rambarde pour vérifier s'ils étaient partis.

Они прислонились к перилам, чтобы проверить, ушли ли они.

Les trois messieurs descendaient effectivement les escaliers.

Трое джентльменов действительно спускались по лестнице.

Ils disparurent dans un virage de l'escalier.

В одном из поворотов лестницы они исчезли.

Puis l'escalier les ramena à la vue.

А затем лестница снова вывела их в поле зрения.

Ce phénomène d'apparition et de disparition se répétait à chaque étage.

Это явление, когда объект то появлялся, то исчезал, повторялось на каждом этаже.

Mais finalement, ils étaient presque arrivés au fond.

Но в конце концов они почти докопались до сути дела.

Plus ils avançaient, moins ils étaient intéressants.

Чем дальше они заходили, тем менее интересными становились.

Tout le monde est rentré à la maison, comme soulagé.

Все разошлись по домам, словно с облегчением.

Ils décidèrent de profiter de la journée pour se reposer et aller se promener.

Они решили использовать этот день для отдыха и прогулки.

Ils estimaient avoir mérité cette pause dans leur travail.

Они считали, что заслужили этот перерыв в работе.

Non seulement ils méritaient cette pause, mais ils en avaient besoin.

Они не только заслужили этот отдых, он им был необходим.

Ils s'assirent à table pour écrire des lettres d'excuses.

Они сели за стол, чтобы написать письма с извинениями.

M. Samsa a adressé une lettre d'excuses à sa direction.

Господин Самса написал письмо с извинениями своему руководству.

Mme Samsa a écrit sa lettre d'excuses à ses clients.

Госпожа Самса написала письмо с извинениями своим клиентам.

Et Grete a écrit sa lettre d'excuses à son directeur.

И Грета написала письмо с извинениями директору школы.

Pendant qu'ils écrivaient tous, la bonne entra dans la pièce.

Пока все писали, в комнату вошла горничная.

Son travail du matin était terminé, elle rentrait donc chez elle.

Утренняя работа закончилась, и она собиралась домой.

Les trois écrivains hochèrent d'abord la tête, sans lever les yeux.

Сначала все трое писателей кивнули, не поднимая глаз.

Mais la bonne ne semblait pas encore vouloir partir.

Но горничная, похоже, пока не хотела уходить.

Elle attendit un peu, jusqu'à ce que les trois écrivains lèvent les yeux.

Она немного подождала, пока трое писателей не подняли головы.

« Eh bien ? » demanda M. Samsa, en colère, comme l'étaient les autres.

«Ну и что?» — сердито спросил господин Самса, как и остальные.

La bonne se tenait sur le seuil, un sourire aux lèvres.

Служанка стояла в дверях с улыбкой на лице.

Elle donnait l'impression d'avoir de bonnes nouvelles à annoncer.

Она производила впечатление человека, которому есть о чем сообщить.

Mais elle n'allait pas partager la nouvelle à moins qu'on ne le lui demande.

Но она не собиралась делиться новостью, если её об этом не попросят.

La plume d'autruche dressée sur son chapeau oscillait légèrement.

Вертикально расположенное страусиное перо на ее шляпе слегка покачивалось.

Cette plume d'autruche avait toujours agacé M. Samsa.

Это страусиное перо всегда раздражало господина Самсу.

« Alors, que voulez-vous ? » demanda Mme Samsa, d'un ton ferme.

«Итак, чего же вы хотите?» — твердо спросила госпожа Самса.

La bonne avait encore beaucoup de respect pour Mme Samsa.

Горничная по-прежнему испытывала большое уважение к госпоже Самсе.

« Oui », répondit-elle, et elle éclata d'un rire amical.

«Да», — ответила она и дружелюбно рассмеялась.

Un instant, son rire l'empêcha de parler.

На мгновение смех заставил ее замолчать.

« Tu n'as pas à t'inquiéter pour ce qui se passe chez le voisin. »

«Вам не нужно беспокоиться о том, что происходит по соседству».

« J'ai déjà prévu comment nous allons nous en débarrasser. »

«Я уже договорился о том, как мы от этого избавимся».

Mme Samsa et Grete continuèrent à écrire leurs lettres.

Госпожа Самса и Грета продолжали писать свои письма.

Mais M. Samsa remarqua que la bonne n'avait pas encore terminé.

Но господин Самса заметил, что служанка еще не закончила.

Elle voulait maintenant tout décrire plus en détail.

Теперь ей хотелось описать всё более подробно.

Mais il tendit la main pour repousser ses avances.

Но он протянул руку, чтобы отвергнуть её попытки.

Elle s'est rendu compte qu'ils n'étaient pas intéressés par ses projets.

Она поняла, что их не интересуют её планы.

Et puis elle se souvint de la grande précipitation dans laquelle elle avait été.

И тут она вспомнила, как сильно спешила.

« Ciao alors », dit-elle, insultée par ce manque d'intérêt.

«Пока», — сказала она, оскорбленная отсутствием интереса.

Mais avant de partir, elle a claqué la porte très fort.

Но перед уходом она с силой захлопнула дверь.

« Elle sera licenciée ce soir », a déclaré M. Samsa.

«Вечером ее уволят», — заявил г-н Самса.

Mais sa femme et sa fille étaient trop occupées pour lui répondre.

Но его жена и дочь были слишком заняты, чтобы ответить ему.

Parce que la bonne avait troublé leur paix nouvellement acquise.

Потому что служанка нарушила их только что обретенный покой.

La mère et la fille se levèrent pour aller à la fenêtre.

Мать и дочь встали и подошли к окну.

Et, enlacés, ils restèrent là.

И, обнявшись, они остались так и оставаться в таком положении.

M. Samsa se tourna sur sa chaise pour les regarder.

Господин Самса повернулся в кресле, чтобы посмотреть на них.

Et pendant un moment, il les observa en silence, immobiles là.

И некоторое время он молча наблюдал за ними, стоящими там.

Finalement, il leur cria : « Viendrez-vous à moi ? »

Наконец он окликнул их: «Подойдёте ли вы ко мне?»

«Oublions tout ça, d'accord ?»

«Давайте забудем обо всем этом старом, ладно?»

«Viens à moi et accorde-moi un peu d'attention.»

«Подойди ко мне и удели мне немного своего внимания».

Les deux femmes firent ce qu'il leur avait dit et se précipitèrent vers lui.

Две женщины сделали, как он сказал, и бросились к нему.

Ils lui ont fait une accolade affectueuse et l'ont embrassé.

Они нежно обняли его и поцеловали.

Ils retournèrent rapidement pour terminer la rédaction de leurs lettres.

Они быстро вернулись, чтобы закончить написание писем.

Puis, tous les trois, ils quittèrent l'appartement ensemble.

Затем все трое вместе покинули квартиру.

Ils n'étaient pas sortis ensemble depuis des mois.

Они не выходили из дома вместе уже несколько месяцев.

Et ils prirent le tramway jusqu'à la périphérie de la ville.

И они сели на трамвай и поехали на окраину города.

Ils avaient toute la rame du tramway pour eux seuls.

Весь вагон трамвая был в их распоряжении.

La lumière du soleil inondait la pièce par la fenêtre.

Солнечный свет лился в окно снаружи.

La famille se cala confortablement dans ses sièges.

Члены семьи удобно откинулись на спинки своих кресел.

Et ils ont discuté de leurs perspectives d'avenir.

И они обсудили перспективы своего будущего.

À y regarder de plus près, leurs perspectives n'étaient pas mauvaises.

При более внимательном рассмотрении их перспективы оказались не такими уж плохими.

Tous les trois occupaient des emplois qui leur permettraient de gagner davantage.

У всех троих была работа с возможностью зарабатывать больше.

Ils ne s'étaient jamais interrogés l'un sur l'autre concernant leur travail.

Они никогда не спрашивали друг друга о своей работе.

Mais maintenant, ils avaient enfin le temps de discuter de ces choses-là.

Но теперь у них наконец появилось время обсудить подобные вещи.

Ils avaient également la possibilité de déménager dans un appartement plus petit.

У них также была возможность переехать в квартиру поменьше.

Cela aurait le plus grand impact sur leur vie.

Это оказало бы огромное влияние на их жизнь.

Leur appartement actuel avait été choisi par Gregor.

Нынешнюю квартиру им выбрал Грегор.

Mais maintenant, ils pourraient déménager dans un endroit plus abordable.

Но теперь они могли бы переехать в более доступное по цене место.

Un appartement plus petit, mais dans un endroit plus pratique.

Квартира поменьше, но более практичная.

Parler de l'avenir a redonné vie à Grete.

Разговоры о будущем снова оживили Грету.

Monsieur et Madame Samsa ont également remarqué d'autres changements chez elle.

Господин и госпожа Самса заметили и другие изменения
в ней.

Ses joues étaient devenues pâles à cause de tous ses soucis.

От всех своих переживаний она побледнела.

**Mais à présent, leur fille s'épanouissait et devenait une
femme remarquable.**

Но теперь их дочь превращалась в прекрасную леди.

C'était vraiment une belle et jolie jeune femme, maintenant.

Теперь она действительно была прекрасной, хорошо
сложенной молодой женщиной.

Ses parents se turent et admirèrent leur fille.

Ее родители замолчали и стали восхищаться своей
дочерью.

Ils échangèrent un regard, communiquant inconsciemment.

Они переглянулись, бессознательно общаясь друг с
другом.

« Il sera bientôt temps de lui trouver un homme bien. »

«Скоро настанет время найти ей подходящего мужчину».

Le tramway était arrivé à destination et avait ralenti.

Трамвай подъехал к месту назначения и замедлил ход.

Leur fille semblait confirmer leurs nouveaux rêves.

Их дочь, казалось, подтвердила их новые мечты.

Elle fut la première à se lever et à étirer son jeune corps.

Она первой встала и размяла свое молодое тело.